曹雪芹的疆域

——《红楼梦》阅读接受史

计文君 著

GUANGXI NORMAL UNIVERSITY PRESS
广西师范大学出版社
·桂林·

曹雪芹的疆域——《红楼梦》阅读接受史
CAO XUEQIN DE JIANGYU——HONGLOUMENG YUEDU JIESHOU SHI

图书在版编目（CIP）数据

曹雪芹的疆域：《红楼梦》阅读接受史 / 计文君著. --桂林：广西师范大学出版社，2021.5
ISBN 978-7-5598-3651-9

Ⅰ. ①曹… Ⅱ. ①计… Ⅲ. ①《红楼梦》研究
Ⅳ. ①I207.411

中国版本图书馆 CIP 数据核字（2021）第 042607 号

广西师范大学出版社出版发行
（广西桂林市五里店路 9 号　邮政编码：541004
网址：http://www.bbtpress.com）
出版人：黄轩庄
全国新华书店经销
广西广大印务有限责任公司印刷
（桂林市临桂区秧塘工业园西城大道北侧广西师范大学出版社
集团有限公司创意产业园内　邮政编码：541199）
开本：880 mm × 1 230 mm　1/32
印张：7.25　　字数：118 千
2021 年 5 月第 1 版　　2021 年 5 月第 1 次印刷
印数：0 001~6 000 册　　定价：48.00 元

自　序

从起心动念，到真正完成这部书稿，三年过去了。

发心源自一个小男生，我的侄子，计好好同学，那时他还在念初三，如同千千万万普通孩子一样，过着并不轻松的学校生活。那年春天见他的时候，他跟我说起《红楼梦》——他被告知必须读这部书，口气很无奈。

他之所以对我说，是因为他眼前的这个大人，我，大半辈子几乎是靠着这本书来活的。这让他觉得困惑，还有点儿生气——世界上怎么会有这种奇怪的事？

我说，那等你中招考试之后，我跟你讲讲这部书吧。

他“嗯”了一声，显然并不期待。

我当时看着他脸上的青春痘，在心里叹了口气。那一刻，我是真的有点儿难过了。我知道，他正在领受生命本身的艰难，他的痛苦，和宝玉的痛苦，有着同样的质地——只是他还不知道而已。

所有的青春都是艰难的。《红楼梦》这部书，说的就是人的各种艰难。我在他的年纪，经由《红楼梦》，感受到了那份温厚的理解，从而得到了安慰和陪伴，日子好过了一些，现在想想，这是幸运。

我很快发现，自己的想法太简单了。他并不是不知道这部书讲的是什么，主旨要义，内容梗概，甚至书中的诗词、人物的判词，他怀抱着巨大的抗拒，但还是都记下了，用来应付考试。假期里他更加不愿意讨论这些了，好不容易有了放松的片刻，他宁愿去看“王者荣耀”的游戏解说。

这是我们诞生于18世纪的经典与一位生于21世纪的少年，略带尴尬的初见。

当然，尴尬是我的，之于经典，之于少年，都无增无损。

我力图挽尊，嘟哝了一句：你能想象吗？这部书最初也不过是个“倔强青铜”，两三百年一路过关打怪，最后打成了“至尊王者”。

他颇为讶异地问了一句：“真的吗？”

真的。

讲述这个“真的”过程，并不容易。对于《红楼梦》这部经典，比起“揭秘”“解谜”，把最为朴素的事实呈现出来，反而更为困难。我们习惯性地要“发现”或者“揭示”些什么，但让人沮丧地是，当我从头开始梳理这部书的资料，比对各种说法的文献依据，最后得出的结论：原来，我们对于这部书的诞生和写作这部书的人，几乎一无所知。

然而,《红楼梦》这部书，深刻参与了中国这两三百年的文化演进，并且把自己和自己的作者，变成了象征性的中国文化存在，这是清晰而重大的事实。最初与计好好同学的那句玩笑，给我提供了一个新的思考角度：如果我们把《红楼梦》这部书作为一个具有主体性的存在物，它的真实经历是什么？

我开始用一种完全陌生的眼光去看这部书，考察它存在过的每一个历史文化空间，这部书和阅读它的人以及接受它的世界，真实的情形是什么样的？就这样，两年过去了。

我完成此书的时候，计好好同学已经是高三学生了。但我很想告诉他，当我在各种互相抵牾的史料间焦头烂额、两眼充血时，当我写下这本书的每一章每一节时，我都会想，他还会问我“真的吗？”

我希望自己可以坦然回答：“真的。”

是为序。

庚子冬月

目　录

引言

关于过去：应似飞鸿踏雪泥

站在21世纪的20年代看,《红楼梦》是毫无争议的中国文学正典之一。在学术范式内部，因一部小说而得成一“学”，即“红学”；在普及性上，它早就是我们的“国民故事”，是新的语文课标要求的中学生必读书目之一。

从“抄本《红楼梦》”到“正典《红楼梦》”，是两三百年的阅读接受的结果。这里面有多少是真正的“理解”，又有多少是有意无意的“误读”，也是言人人殊。本书将以《红楼梦》这部书作为主体，对《红楼梦》的接受历史进行阶段性梳理，并将从文化物种获取生存度的角度，把这一段接受史看作《红楼梦》从“抄本”到“正典”的演化史。

这部书在两三百年间，经历了多次关乎生死存亡的检选。这两三百年中国的社会各个层面的变化之剧烈，即便放在整个人类文明史的坐标系里进行考量，也是异常醒目的。

《红楼梦》最初的文化身份，不在正统文学的殿堂内，属于边缘物种，流传的范围不大，它凭借自身魅力突围，借助出版的力量广泛传播。在五四新文化运动中，所有的传统文学都被重新进行价值评估，《红楼梦》赢得了当时中国最具生命力和未来性的文化力量的认同，彻底改变了文化身份，从门外蹲着的“流浪汉”，转而登堂入室成为新文学的“座上宾”；中华人民共和国成立后，在新的文艺观主导下，再次对古典文学作品进行价值排序，帝王将相、才子佳人都沦为末流，《红楼梦》却逆风翻盘，成为“封建社会百科全书”“杰出的现实主义小说”，出版、研究始终都在国家层面的支持下进行，还有两次影响到整个社会的“评红”运动；进入 21 世纪，《红楼梦》作为中国文学正典的位置已不可撼动，即便有人抱怨“死活都读不进去”，但因为归入高考必读经典篇目，所有接受中等教育的年轻国人躲不开绕不过，死活都得看一看，它再次得以普及……

《红楼梦》是文化物种生存竞争的胜出者。从文化物种获取生存度的角度来看，《红楼梦》取得了非凡的成功。我将在下面六章中尽力客观、明晰地还原这一演化过程。《红楼梦》的演化过程，特别是进入现代之后的“奇遇”，与中国现代小说的观念形成与知识建构、学术范式的建立具有微妙的同构关系。

除了史料、档案证据和文本事实之外，有争议的观点和学术“猜想”，我会明确标出来。需要明确的一点，本书不是“红学史”或者“红学简史”，我所谈及的是这部书近三百年演化中的“真实”经历。“红学”是这部书演化史上发生的一件事情，也算是大事了，但不会过多深入。“学”之为“学”，通常会把很多问题复杂化，我希望洗掉附着在这部书上的重重叠叠的观点，露出最基本的事实，也就是留在历史“雪泥”之上的原始痕迹，而非对其形状的臆想和推断，最终形成一部关于《红楼梦》的“常识”之书。在漫天飞舞的“观念”与“洞见”的遮蔽下，获取最为基本的常识，反而需要更强的认知能力。支撑这些常识的证据资料，得来不易，是很多前辈学者苦心孤诣的心血结晶，值得感念。

关于《红楼梦》的基本设定，我采信的是目前取得最大范围——学术共同体与社会共同体承认，获得最多证据支持的学术假说，即《红楼梦》的作者是曹雪芹，我们今天看到的《红楼梦》文本，并非全部由其完成。关于这本书的很多基本问题，能够提供的答案，目前大都有几种获得不同程度证据支持的学术假说。

返回真实的历史文化时空，没有谁能预设“正典”是

《红楼梦》必然命定的文化身份。演化没有方向，每一步都有各种可能，本书所努力还原的是，在《红楼梦》被接受的每一个历史阶段，都是什么力量在决定着这部书的命运走向。

最后的《跋语》，我放上了一篇“私家书话”，写给所有第一次遇到这本书的人，我想多半会是年轻的人吧。诚如苏珊·桑塔格所言，文学经典通常都“裹着厚厚的阐释的硬壳”。《红楼梦》外面这层“阐释的硬壳”格外厚。若希望这部中国文学正典能朝向未来敞开，我们需要一种更为轻盈且透明的阅读，不计正误，不问东西。

庚子年暮春

第一章　几回掩卷哭曹侯

1

公元 1768 年，世界上正在发生这样一些事：

莫扎特一家在欧洲大陆进行旅行演出，这是他们出发的第 5 年，天才作曲家在他新写的交响曲中第一次用了小号和定音鼓；欧洲大陆的东面，6 年前替俄罗斯人民做出选择的索菲亚公主，戴着从丈夫头上抢来的皇冠，用一场又一场开疆拓土的战争，正在把自己变成叶卡捷琳娜大帝；英伦三岛上，英国国王收到了来自新大陆殖民地马萨诸塞的请愿书，要求废除“汤森税法”，虽然他无奈废除了大部分征税项目，但保留下来的那项茶叶，依然在数年后让莱克星顿打出了美国独立战争的第一枪；探险家布干维尔登上了塔希堤岛，宣布它为法国殖民地，5 年之后，岛上美丽的红嘴秧鸡留下了灭绝前的最后记录……

亚洲大陆的东部，是拥有 1400 多万平方公里疆土的清王朝。在这里，这一年的纪年是乾隆三十三年。

作为帝国统治者的爱新觉罗·弘历，把去年在清缅战争中因观望不救导致明瑞战死的额尔格抓回京师凌迟处死，命傅恒为经略，阿里衮、阿桂为副将军，再征缅甸。这一年，他还处置了涉案金额高达 1900 万两白银的两淮盐政贪污案中的一干官员。翰林学士纪昀罪虽不至绞监候、秋后决，但也被发配新疆。纪晓岚心态还算不错，在乌鲁木齐游玩，写下了“游人倘有风沂兴，只向将军借幔亭”的诗句。

纪晓岚的诗，为 200 多年后的水磨沟风景区预备下了推广文案。而在北京城中另外一个人写的诗，为我们留下了关于《红楼梦》这部书——除小说抄本以及所附批语之外——最早的信息。

2

这个人名叫爱新觉罗·永忠。

他的祖父是大名鼎鼎的康熙十四子胤禵，父亲是胤禵的次子弘明。

经由各类清宫电视剧的科普，估计很多人对四爷家的内亲外戚熟悉得堪比清史专家，九王夺嫡的剧情可自行脑补——请不要补太多。雍正在位的时候，这位十四爷先是被派去守皇陵，后来被削爵圈禁寿皇殿。

雍正十三年八月，乾隆皇帝登基，三个月后就放了这位十四叔，封弘明为贝勒。

永忠生于雍正十三年六月，祖父获释归家、父亲受封时他还在襁褓之中，祖父“矢报圣恩”，所以以“忠”为其命名。

尘世间受了挫折，断了价值实现的道路，但终究是富贵中人，不必为衣食奔走，安顿身心反而成了问题，惯常地，是到庄禅那里去寻道路。

胤禵与高僧交往，弘明也是如此，永忠跟着祖父、父亲，少年时就常在旁边听他们与高僧诗偈唱和，讲论佛法。

这个禅，参得如何，不可知。看永忠自己的文字，《粹如纯禅师语录序》中这样说：

余自童时既承先王祖训诲，以佛法不可思议，留心梵典，向上提撕，故于佛理入之最深。然管窥识小，理障情惑，总未能直踏重关。虽荷剩山老师殷勤授记，究之自信不及，犹门外汉也。水边林下，时遇高人，茶话之余，必伸参请。[1]

祖父教诲，还有剩山和尚做他的老师，他还觉得自己是“门外汉”，话说得温文，很有分寸。“理障情惑”，也概括得妥当，谦逊却也不失贵胄身份。“理障”，说明还是读书的，不是正经一心要做和尚；“情惑”，指的是还有红尘眷恋，不会像宝玉那样傻乎乎地嚷嚷什么“赤条条来去无牵挂”。至少从永忠的文字可以感觉出来，他很聪明，即便不拘谨，但肯定不是偏激桀骜之人。

永忠喜欢参禅，还很多情。

22 岁那年，他写的《悼亡诗》，后来拿去给友人看时在诗下加眉批，说明为原配卞氏所作，自称为“情种”。在他的诗稿中，“情”字随处可见。

题为《画桃花扇》的绝句：“桃花自是多情种，写上招凉小扇头。却忆李家香扇坠，春风独守媚香楼。”[2]

这写的是孔尚任《桃花扇》里的故事，“香扇坠”，是李香君的昵称，古人肉麻起来是不是也很有想象力？

---

1 永忠：《延芬室集》，上海古籍出版社影印本，1990 年，第 61—62 页。
2 同上书，第 819 页。

再举一例,《赠幻翁家佩香小史陈瑶卿》是首较长的歌行,其中有这样的几句:“花非花,色非色,异样柔情争解得?芳华十五小腰身,一笑亦足倾人国……欲进不进身迟回,若远若近烦疑猜。道人已是无情物,转使心花为汝开。”[1]

诗好不好另说,情有多深也难判断——反正我读来真的浑身起鸡皮疙瘩。我忍着引这些例子,只是想说明,在永忠当时的交际圈中,允许他把自己表现得如此“多情”。这些诗是他发的“朋友圈”内容,有些还是与朋友的“合照”,显然这是永忠和他的朋友们都认可、欣赏的正面社交形象。

乾隆三十三年(1768年),这一年,永忠34岁了。

13年前,他的祖父胤禵去世;1年前,他的父亲弘明去世。

永忠的生活没有什么变化,他祖父去世的第二年,乾隆帝封他为辅国将军——这个将军并不是傅恒那样要上战场的将军。父亲去世后3年,乾隆还将授他右翼宗学总管。他的一生将在诗酒、书画、禅道、戏曲小说的陪伴下,平安终老。

如果不是在34岁那年写下了三首与《红楼梦》有关的绝句,他肯定会跟无数爱新觉罗家的王孙公子一样,再有格调也不会被人记得。他不是纳兰性德,没写出“夜深千帐灯”

1 永忠:《延芬室集》,上海古籍出版社影印本,1990年,第818—819页。

这等水准的句子。但因为那三首绝句，到了1990年，上海古籍出版社巴巴地赶着把研究者费心搜罗来的诗稿《延芬室集》[1]影印出版了。

那三首绝句的题目叫作《因墨香得观红楼梦小说吊雪芹》：

传神文笔足千秋，不是情人不泪流。
可恨同时不相识，几回掩卷哭曹侯！

颦颦宝玉两情痴，儿女闺房笑语私。
三寸柔毫能写尽，欲呼才鬼一中之。

都来眼底复心头，辛苦才人用意搜。
混沌一时七窍凿，争教天不赋穷愁。[2]

3

20世纪末，永忠的诗文作为《红楼梦》研究资料得以存

1 永忠：《延芬室集》，上海古籍出版社影印本，1990年。
2 同上书，第778页。

世——影印手稿可以保持眉批和笺注的原有位置，中间会有涉及纪年和人物的关键信息；而在18世纪中叶，永忠和他朋友们的喜爱，却在关键时刻保证了还未获得完整书籍形态的《红楼梦》，最初得以存活。

这三首诗编在戊子年内，题目下有注："三绝句""姓曹"。又加注了一句话："瑶华曰：此三章诗极妙。第《红楼梦》非传世小说，余闻之久矣，终不欲一见，恐其中有碍语也。"[1]

永忠注中引的是瑶华的原话，瑶华自己的亲笔批注就写在这一页的眉端。

永忠把自己乾隆三十二年（1767年）之后的诗作，编了七卷，送给瑶华批阅。

瑶华是谁？

瑶华也姓爱新觉罗，是康熙二十四子诚亲王胤祕的次子，名叫弘旿，字仲升，还有一字为恕斋，自号瑶华道人。他是永忠的堂叔。这位瑶华叔叔在书画上有些名声，看了送来的诗稿，就在上面写了不少读后感。

最后还写了一段总结发言，夸永忠是"吾辈诸子中巨擘"——这些诗里面参禅的那些写得好，另外一些似乎不太

1 永忠：《延芬室集》，上海古籍出版社影印本，1990，第778页。

好了，你不嫌弃来找我商榷，我就在你的诗稿上直接写批语了，至亲骨肉，你一定会原谅我的狂妄的，哈哈哈。[1]

瑶华与永忠不只是叔侄，显然还是朋友。而且“吾辈诸子”，是为“巨擘”圈定了范围。像他们这样身份的天潢贵胄，别人的赞许里，多少是对作品，多少是对身份，自己心里也多少有些数儿。

那位名满天下的随园主人，与这位供奉内廷的贝子“道人”有文字往来，曾托人寄《随园诗话》给瑶华，瑶华也寄诗给袁枚，还送了他一方玉界尺，袁枚就在《随园诗话增补》里叹息“路远年衰，不及见天人眉宇，为今生恨事”，又赞瑶华“能兼三绝诗书画”。

我们再来看题目中的那位墨香。

墨香也姓爱新觉罗，名额尔赫宜，字墨香。他是努尔哈赤第十二子阿济格的四世孙。他比永忠小 8 岁，但显然是气味相投的好朋友，知道他喜欢情诗，永忠写给去世妻子的诗，就是拿给他看的，还问他：你说还有超过这样的感情的吗？

---

1 瑶华跋语原文：“大作七卷，细味三复，不忍释手。真吾辈诸子中巨擘。间有寓意禅宗者，犹能入妙。第其间应酬往返，或不经意，或随一时兴会而成者，未免瑾瑜微瑕。蒙不弃商之于我，一一于予卷中直书之。至亲骨肉，庶可谅余之狂妄云耳。”（永忠：《延芬室集》，上海古籍出版社影印本，1990 年，第 1185 页。）

《延芬室集》紧接着“哭曹侯”的三首诗是《墨香索女儿香戏缀此诗》，我们看一首感受一下这位墨香公子：“荀令衣香三日留，知君少年爱风流。女儿香是珠娘采，莫使人疑韩掾偷。”[1]

永忠用“韩寿偷香”的典故取笑墨香，你年轻风流，可别让人闻见你身上的香气，怀疑你像韩寿那样翻墙进去，与人家的女儿偷情，第二天身上香味犹在，老爹闻到，当场破案！

我们来整理一下，在这个“皇家非主流文艺青年群”里，墨香弄来了一个市面上看不到的手抄本给永忠看，辞藻新雅，满纸香艳，是他们爱的调调儿，却比他们表达得高明万分，永忠不由得对作者万分崇拜。

这个手抄本，就是小说《红楼梦》。

当然不是一两个人知道《红楼梦》，那位略显持重的瑶华叔叔也是知道的。他不想看，害怕有“碍语”——我很朴素地认为：这个“碍”，就是“碍口”的“碍”。指的是让人不好意思的话。他听说《红楼梦》写儿女之情，就以为写的是“羞羞”的事，所以就“怕怕”地不看了。

殊不知他这两字“碍语”，惹下后世汗牛充栋的笔墨官

1 永忠：《延芬室集》，上海古籍出版社影印本，1990年，第779页。

司：到底是“绮语”还是“反语”，两边都是深文周纳，振振有词。但凡想想，若真如后世那些聪明子孙解的那般，这两字足以说明早就有不少人知道《红楼梦》一书内蕴仇恨、剑指宫闱，瑶华叔叔担心“有碍”，却无碍他夸奖永忠赞作者赞得妙，这般精神分裂也是罕见。他闻之久矣——只怕闻的是红楼“艳”名。

当然，这只是“我觉得”——别人也有别人的“我觉得”。

不过谁觉得都不重要，显然，乾隆没觉得“有碍”，所以皇家的文艺青年们，依旧拿着这件带着“先锋”“非主流”气质的文艺作品的“品鉴版”“非售品”，在朋友圈里“秀晒炫”。自诩风流多情的永忠、墨香辈，把那惹来嫌疑的香气，换成了他们的“社交货币”。

他们知道小说的作者姓曹，叫作雪芹，知道他已经去世，永忠以不曾与之相识为恨事。墨香是否见过曹雪芹，不可得知，但他的两位年纪比他大的侄子，却是认识这位曹雪芹的。

4

墨香的两位侄子，就是敦敏、敦诚。

这两位，也姓爱新觉罗，是阿济格的五世孙。我上文说那两位“非主流”——永忠和墨香，除了不够克制略显“多情”些，还有一层含义是他们的直系家庭都有“历史问题”：阿济格在顺治朝被赐死；胤禵在雍正朝被圈禁。到了乾隆朝，这些旧账都不提了，但旧罪的阴影并不会彻底消失，尤其是在后代心理上。

天家富贵，却也自有一份内在的紧张感，何况血缘上有远近，性情禀赋上有差别，天子与他们自然也就亲疏薄厚不同。雷霆雨露，赶上什么算什么，都是天恩——若能心性平和，会好过些；若再有点儿性情，在“我辈诸子”中比较际遇，十有八九是要变成诗人了——天分才华有没有另说，诗人的秉性脾气，先有了。

敦诚的《四松堂集》是刊印过的，卷一有首写于乾隆二十二年（1757 年）的《寄怀曹雪芹霑》，是今天我们对曹雪芹全部想象的主要支点之一。

少陵昔赠曹将军，曾曰魏武之子孙。
君又无乃将军后，于今环堵蓬蒿屯。
扬州旧梦久已觉，且著临邛犊鼻裈。
爱君诗笔有奇气，直追昌谷披篱樊。
当时虎门数晨夕，西窗剪烛风雨昏。

接篱倒着容君傲，高谈雄辩虱手扪。
感时思君不相见，蓟门落日松亭樽。
劝君莫弹食客铗，劝君莫叩富儿门。
残杯冷炙有德色，不如著书黄叶村。[1]

这首诗题目中的“霑”字，为敦诚加的小字注释。“扬州旧梦久已觉”后他还有一句解释：“雪芹曾随其先祖寅织造之任。”这里面重要的信息，是指出曹雪芹本名霑，是曹寅的后代，且与其是祖孙关系。

诗中的“虎门”指的是朝廷为宗室子弟设立的官学，即宗学，这里指的是敦敏、敦诚所在的石虎胡同的右翼宗学，我们据此得知，他们和曹雪芹曾经在那里数过晨夕。

写这首诗的时候，敦诚的心情显然不太好，“蓟门落日松亭樽”后他注道：“时余在喜峰口。”他在喜峰口，做征税的差事，不得意的人想起了更不得意的人。这首诗的味道，太让人熟悉了：不得意，有才华，不服气，而且很骄傲——别理那些得意的人，写书去吧。

1 敦诚：《四松堂集》卷一。诗题中小字“霑”为其原注，“扬州梦觉”句后有注：“雪芹曾随其先祖寅织造之任。”“蓟门落日”句后有注：“时余在喜峰口。”《四松堂集》为刻本，有（北京）文学古籍刊行社 1955 年影印本，上海古籍出版社 1984 年重印本。

至于写的是什么书，他没说，我们得猜。

把最后的“著书”替换成“弄扁舟”或者“卧白云”，寄给谁都可以，在敦诚诗里列队出现的杜甫、李贺、李商隐，没出现的李白、陶渊明，再早些的屈大夫，不开心的时候都说这话，敦诚除了没有人家说得早，说得好，别的都一样。

除了这首诗，敦敏、敦诚还有几首题赠雪芹的诗，以及曹雪芹去世之后的挽诗，近百年几乎被人研究成筛子了。但若平心看去，不过说曹雪芹像阮籍，会用白眼看不喜欢的人，会写诗画画，石头画得好，爱喝酒，生计艰难，坎坷而终。

诗歌中的抒情形象，难免如此。

“辛苦才人用意搜”这句永忠赞曹雪芹的话，也可拿来送给那些《红楼梦》的前辈研究者。他们从卷帙浩繁的清人诗集、文集、诗话、笔记、《清史稿》、清廷档案里，寻找着与《红楼梦》或者曹雪芹有关联的只言片语，哪怕有一丝关联都不放过。

然而，迄今为止，所有的材料也许给我们晕染了一个可能的背景，但关于这个人，我们还是无法勾勒出他的大致轮廓。

就这么一个模糊且单薄的剪影，支撑着我们对一位伟大小说家的想象。

有意味的是，作为曹雪芹的朋友，敦敏、敦诚不吝赞美他的如椽巨笔，但这笔却是用来画石头的，不是用来写《石头记》的。

他们只提过一次“书”字，却一字未提书名，他们赞美曹雪芹诗如李贺，记录曹雪芹看了敦诚的《琵琶行》传奇，写了一首诗，其中有一句“白傅诗灵应喜甚，定教蛮素鬼排场”，说他平生为诗大多是这样的风格。

清代的传奇，是剧本，可以拿来演出。曹雪芹这句诗是说，白居易的灵魂看了敦诚的剧本也会非常高兴，定会让自己最喜欢的姬妾小蛮、素素——此时都已经成了鬼了，在阴曹地府排演出来的。这两句的确想象力奇绝有趣，但又如何能与《红楼梦》一书相比？

不知道曹雪芹在写《红楼梦》，似乎不太合理，那么就是觉得不重要，至少是不值得在收入自己诗集的诗中郑重赞美。

敦敏、敦诚的这种态度，也是情理中事。因为说部——稗官野史，毕竟不登大雅之堂。整体看《四松堂集》，雅正清新，颇有气韵生动、甚是可读的句子，是有根基功底的诗家面目。

同时期另一位杰出的小说家——当然，这是我们今天的命名方式——《儒林外史》的作者吴敬梓，他著有诗集七卷，文集五卷，但多散佚，唯《儒林外史》风行于世。在他去世后，挚友程晋芳怀念他的诗却说："外史纪儒林，刻画何工妍。吾为斯人悲，竟以稗说传。"

敦敏、敦诚之所以一字不提《红楼梦》，也许是觉得那个"诗人"曹雪芹是更值得被人铭记的吧？

敦敏、敦诚虽然也是爱新觉罗家的"阿哥"，但只是不得志的宗室，跟权力中心的距离很远，心性口气都是道地的文人了。

他们没提《红楼梦》，但他们的另一位亲戚，乾隆的近臣，真正的皇亲国戚，却一口气为《红楼梦》写了20首诗。

5

这个人就是富察·明义。

富察氏，是世代显赫的满洲贵族，乾隆的孝贤纯皇后，是明义的姑姑。明义的父亲傅清，是驻藏都统，为平叛乱身受重伤后自尽殉国，京城、拉萨两地为其建祠。长兄明仁袭爵，后赴金川平叛，乾隆四十九年死于军中。

明仁显然是有趣的人，他在带兵去往金川途中路过南阳。袁枚的堂弟袁树，号香亭，在南阳做地方官，突然收到一封带着“羽檄”的信，这是军事信函的形式，上下大惊，打开看却是一首诗，后两句是：“寄问南阳贤令尹，风流得似才子无？”

明仁只是想问问：你像不像那位袁大才子那般风流啊？

任何一种文化形态，作为生活方式的时候，都有微妙且生动之处，因为它还活着，和具体人的生命过程结合在一起。即便是学术研究也需要对生命本身与生活质地有着起码的理解能力，要不然就会沦为切割化石或解剖尸体。

对于活人来说，在完成存活之后，有两个维度需要得到均衡满足，一个是“有意义”——不管是“补天”、争取投票权、实现财富自由，还是拯救塞伦盖蒂草原上的狮子……另一个就是“有意思”——不管是斗草斗茶、下棋喝酒，还是跳广场舞、打游戏……

《红楼梦》这部书，在最初这个阶段，主要负责“有意思”。这一点作者自己也很明确。不过我们也应该知道，拉大时间与地域尺度看，有些“有意思”，会是更高阶的“有意义”。

明义在他的《绿烟琐窗集》中写下 20 首《题红楼梦》的七言绝句，是因为“有意思”。

他一直是乾隆的侍卫，跟随皇上塞外江南都去过，但他显然是家庭中略显暗淡的那一个。父兄自不可比，他的叔叔，一位是朝中重臣，而另一位则是那位率军征战缅甸的傅恒。堂兄弟中两位娶了公主，那位没娶的则是封了贝子、大名鼎鼎如和珅一般深为皇上宠爱的福康安。

明义在当时“有意义”的坐标系里有些失落，他写了一首七律谈自己：

学剑学书苦不成，墨行儒队两无名。
禄微自觉羞妻子，行薄端忧辱友生。
臂骨业经八九折，鬓毛顿白两三茎。
卧看庭树摇残照，满眼春华空有情。[1]

明义觉得自己俸禄微薄，对不起老婆孩子，显然他比照的标准是封侯拜相之人。他在乾隆四十二年（1777 年）得到了一座花园，位置在西直门外，是今天北京动物园的一部分。原属于贝子弘暻，名为邻善园，明义修缮之后，取名“环溪别墅”。敦敏、敦诚的诗作不止一次提到这个园子，吟咏过园中景物。永忠陪同乾隆六子质王永瑢去那里游玩过，和明

1 富察·明义：《病中杂感诗八首》之一，见《绿烟琐窗集》，上海古籍出版社，1984 年，第 46 页。

义结识，开始交往。

有研究者根据《绿烟琐窗集》中作品标注的纪年综合推断，明义写《题红楼梦》绝句的时间可能在永忠写那三首绝句稍后一两年。[1]

明义在这20首诗前面，写了一段小引：

曹子雪芹出所撰《红楼梦》一部，备记风月繁华之盛。盖其先人为江宁织府，其所谓大观园者，即今随园故址。惜其书未传，世鲜知者。余见其钞本焉。[2]

这段话以及《题红楼梦》中的两首，随后进入了袁大才子的《随园诗话》，以讹传讹，弄出很多故事，我们放在后面再讲。这段话中，最有价值的信息是《红楼梦》的书名以及“钞本”二字。

明义见到的“钞本”，是什么样的，他没说，从他诗的内容来看，大部分和现存《红楼梦》的小说情节相符，也有少部分略有出入。我在这一章后面会附上这20首诗，以备参详。

---

1 李广柏：《红学史》，广东教育出版社，2010年，第134页。
2 富察·明义：《绿烟琐窗集》，上海古籍出版社，1984年，第107页。

现存的《红楼梦》早期抄本中，被人称为“己卯本”的一种，文字中有对“祥”和“晓”字的避讳，研究者认为这个抄本出自怡亲王府，避的是两代怡亲王胤祥和弘晓的名讳。

弘晓收藏有明义的《绿烟琐窗集》抄本，现藏国家图书馆的《怡府书目》中有记载。

我们是不是可以就此推断明义读到的抄本应该也如怡亲王府中的那样？

那个抄本的书名叫作《脂砚斋重评石头记》。

6

直到此刻，我才第一次提到那个对《红楼梦》这部书的重要性仅次于曹雪芹的名号，脂砚斋。

这是因为，大概要到160年后，人们才会在“脂砚斋”这三个字与《红楼梦》之间建立重要关联。至少此刻，“脂砚斋”还没被任何其他人予以记录，也许有人见过这三个字，但是显然没有人太过在意。

《红楼梦》此时还不是一部完整的书，只是作者写下的手稿，被分散复制成了有限的抄本。抄录几十万字，是一件费时费钱的事情。好在喜爱它的人，是些富贵闲人。

它被喜爱，却并不被格外珍视——最初拿到这些稿子的人，深深地被吸引，它新奇，有趣，动人……但它不重要，至少没有他们自己写的那些诗文重要。

《延芬室集》《四松堂集》《绿烟琐窗集》《鷦鷯庵杂记》《春柳堂诗稿》等等，只为中间有只言片语涉及《红楼梦》或曹雪芹，200多年后还被人拿着放大镜去看作者的小字批注，推敲其中作品的编年顺序，甚至为印刷刻板上的涂改痕迹争吵不休……

我们太想知道关于这部书最初的样貌以及那个写书人的一切了。

我们却不得不略带沮丧地承认：我们所知实在有限——大于零，却小于一。

但我们的感觉重要吗？不重要。

那个弱小却神奇的抄本，悄悄地召唤着自己散落各处的“肢体”，准备将最初寄身的这个高端圈层积攒下的势能化作动能，破圈而出，“红”遍大江南北。

第二章　千秋功过任评说

1

公元1791年，已经名满欧洲的莫扎特，前往布拉格参加自己创作的歌剧演出之前，在家里接待了一位身披灰色斗篷的神秘使者，他代表匿名委托人请莫扎特创作一首《安魂曲》。

12月5号凌晨，莫扎特撒手尘世，作品只完成了大半，他的学生、助手绪斯迈尔在莫扎特妻子的请求下，续写完了老师的作品。关于《安魂曲》原作与续作的质疑争论，专业研究与离奇故事交织着，一直延续到今天。

这剧情，是多么的熟悉。

很少人会想到，这剧情相似的两个故事，开始于同一个冬天。

1791年12月，乾隆五十六年（辛亥年），《红楼梦》也被修补完整，作为一部书的形式，付印了。

此时的北京，前两年为庆祝皇上80大寿进京的四大徽班，在京城扎下根来，作为“花部”的代表，与昆曲代表的“雅部”展开竞争——“花雅之争”的结果，是“百戏之祖”昆曲成了命若悬丝、险些灭绝的文化物种。而因“俗”上位的京剧，实在也想不到200年兜兜转转，自己会跻身“国粹”之列。

远在英伦岛上的马戛尔尼伯爵，正在向人请教，该如何选择送给乾隆皇帝的礼物，几个月后，他将登上狮子号军舰，前往遥远的东方。

这个东方帝国的皇城里，万寿节的喜气还未散尽，乾隆帝又接到了捷报——清军击退入侵西藏的廓尔喀，兵临加德满都城下。而这位率军越过喜马拉雅山、打到尼泊尔的将军，正是让富察·明义想起来就心下黯然的堂弟福康安。

京城里的明义，则继续着他的静好岁月，偶尔和那位远在南京小仓山的袁大才子以诗代书，往来唱和，祝贺袁枚80岁生日时，又提醒他：“随园旧址即红楼，粉腻脂香梦未休……”在诗的结尾明义颇有分寸地加了一行小字注：“新出

《红楼梦》一书或指随园旧址。”

这里的“新出”，指的是三四年间，已风行南北的一百二十回本《红楼梦》。

2

有两个人一起完成了把《红楼梦》排印成书这件事。

这两位就是程伟元与高鹗。

我们先来了解一下程先生。

程伟元，苏州人，字小泉，大约生于乾隆十年（1745年）或十二年，卒于嘉庆二十三年（1808年）前后——我们的资料只能推断至此，无法确定程先生准确的生卒年。他是读书人，但没有关于他得过功名的记载。除了他留在《红楼梦》印本前的两篇文字之外，他还为宗室晋昌的诗集写过一篇跋。

晋昌出任盛京将军期间，延聘程伟元做他的幕僚，想必这位程先生是有些文名和才干的。我们看不到程伟元的诗了，但晋昌与他次韵唱和的诗还在，他说程伟元“文章妙手称君最，我早闻名信不虚”。

程伟元去做晋昌的幕僚，是嘉庆五年，那是在他刊印完《红楼梦》之后的事情。他在帮晋昌佐理案牍——也就是处理工作文件的同时，记录下来了百余首晋昌的诗作，编辑成《且住草堂诗稿》。

记录编辑都是程伟元自己做的，晋昌几乎要把诗稿抢过来烧掉，他说自己不善于作诗，不过“感时而鸣”——有感触了随便说两句，若变成诗集，是要被那些“大雅”——真正的诗人——嘲笑的。程伟元说，“诗以道性情，性情得真，章句自在”，他之所以要留下的这些诗，“不为词句之妙，而为性情之宜”。

从这些文字来看，幕宾东主之间，颇为契合。晋昌回北京之后，带着《且住草堂诗稿》去见了自己的姑父。他姑姑嫁的就是那位富察·明义，于是在程伟元的跋后面，又多了一篇明义写的跋。

程先生到底是何等样人，我们也实在不好妄断，但他显然很喜欢《红楼梦》，而且结识了不少颇有些相同爱好的同人。

他带给我们的关于《红楼梦》的故事，留在他刊印的第一部书前面的序言里。[1] 如下：

1 程伟元、高鹗序言与下文所及“引言”，都引自《程乙本红楼梦》（萃文书屋版），中国档案出版社影印版，2007 年。

《红楼梦》小说本名《石头记》，作者相传不一，究未知出自何人，唯书内记雪芹曹先生删改数过。好事者每传抄一部，置庙市中，昂其值得数十金，可谓不胫而走者矣。然原目一百廿卷，今所传只八十卷，殊非全本。即间称有全部者，及检阅仍只八十卷，读者颇以为憾。不佞以是书既有百廿卷之目，岂无全璧？爰为竭力搜罗，自藏书家甚至故纸堆中无不留心，数年以来，仅积有廿余卷。一日偶于鼓担上得十余卷，遂重价购之，欣然翻阅，见其前后起伏，尚属接榫，然漶漫殆不可收拾。乃同友人细加厘剔，截长补短，抄成全部，复为镌板，以公同好，红楼全书始至是告成。书成，因并志其缘起，以告海内君子。凡我同人，或亦先睹为快者欤？

小泉程伟元识。

这时候距离永忠“掩卷哭曹侯”，已过去二三十年了。这期间，那个也被叫作《石头记》的《红楼梦》，成了说部中的限量款奢侈品，越来越吸引人，但它显然还没有大范围流行，毕竟抄书不易，很花钱，拿普通人家一两年的生活费去买这个没有结尾的故事，也不是一般人会去做的事情。

40多岁的程伟元，在京城里竭尽全力地搜罗了他能看到的所有《红楼梦》抄本，自称是“全部”的也只有八十回，而程伟元知道原目录是一百二十回，他几年间从藏书家和“故纸堆”——应该是贩售古籍旧书的书店、古玩店之类的地方，毕竟当时也没有公共图书资料馆——搜罗积累了二十几回的残稿，后来偶然从鼓担——收售古籍旧书的流动摊贩——重金购得了十几回，非常高兴地发现故事是连续的，于是就请朋友一起来整理文稿内容，刊印成书。

程伟元的这段自述，200 年来被当作“供词”严加审核。有人信他说了实话，有人说他在编“神话”，说谎话。我不打算给任何一方当辩护律师，是否相信程先生的话，“法官”和“陪审团”可自行斟酌。

这里面最为确定的事实是，程伟元邀请了他的一位朋友，和他一起把《红楼梦》从“抄本”变成了一部完整的小说，并且印刷了出来。

这位朋友，就是高鹗。

对于高先生，我们了解的资料略微多一些，毕竟他出身内务府镶黄旗包衣，是有旗籍的汉人，而且有功名。他乾隆五十三年（1788 年）戊申乡试中举，乾隆六十年（1795 年）乙卯中进士，三甲第一名，那一年，他 38 岁。

乡试之后，殿试之前，他被程伟元邀去参加《红楼梦》的出版工程。在第一次的印本前，程伟元的序言之后，他也写了一篇“叙”，如下：

予闻《红楼梦》脍炙人口者，几廿余年，然无全璧，无定本。向曾从友人借观，窃以染指尝鼎为憾。今年春，友人程子小泉过予，以其所购全书见示，且曰：“此仆数年铢积寸累之苦心，将付剞劂，公同好，子闲且惫矣，盍分任之？”予以是书虽稗官野史之流，然尚不谬于名教，欣然拜诺，正以波斯奴见宝为幸，遂襄其役。工既竣，并识端末，以告阅者。

时乾隆辛亥冬至后五日铁岭高鹗叙并书。

高鹗说他听人说《红楼梦》很好，也差不多20多年了，但是没有完整的、确定的本子。他以前从朋友那儿借来看过，那种感觉就像把手朝人家锅里蘸蘸，舔舔手指，尝了味道，却并没能真的吃痛快别人口中的“脍”和“炙”。

下面的故事就和程伟元的相同了，但多了条出版工程启动的时间，是辛亥年的春天，完成的时候已然是冬至后五日了。两位都说启动这项工程的目的是“公同好”，换作今天的话说，就是社区同人分享。

高鹗略带解释意味地说了一句，“是书虽稗官野史之流，然尚不谬于名教”，虽然是通俗作品，不登大雅之堂，但还没有违背核心价值观——不是小黄文，我有时间，它有意思，我乐意干这差事。

铁岭是高鹗他们家入旗之前的原籍，他履历上填“镶黄旗满洲都统内府汉军”，那是国家人事档案，诗文后署名加原籍，是文化认同。高鹗，字云士，号秋甫，别号兰墅，他还有一枚小印：红楼外史。

程伟元先生数年苦心，高鹗先生一年辛劳，萃文书屋活字排版印刷，一百二十回的《新镌全部绣像红楼梦》来到了这个世界上。

3

这毫无疑问是《红楼梦》演化史上最为重要的时刻。

仿佛“谜”是这部书命中注定的“人设”似的，无法解释的戏剧性事件发生了。仅仅 72 天之后，程先生和高先生又印了一部《新镌全部绣像红楼梦》。

书名一样，绣像一样，他们在序之后，增加了一篇引言，总共 7 条：

一、是书前八十回，藏书家抄录传阅几三十年矣，今得后四十回合成完璧。缘友人借抄争睹者甚夥，抄录固难，刊板亦需时日，姑集活字刷印。因急欲公诸同好，故初印时不及细校，间有纰缪。今复聚集各原本详加校阅，改订无讹，唯识者谅之。

一、书中前八十回钞本，各家互异；今广集核勘，准情酌理，补遗订讹。其间或有增损数字处，意在便于披阅，非敢争胜前人也。

一、是书沿传既久，坊间缮本及诸家所藏秘稿，繁简歧出，前后错见。即如六十七回，此有彼无，题同文异，燕石莫辨。兹唯择其情理较协者，取为定本。

一、书中后四十回，系就历年所得，集腋成裘，更无它本可考。唯按其前后关照者，略为修辑，使其有应接而无矛盾。至其原文，未敢臆改，俟再得善本，更为厘定。且不欲尽掩其本来面目也。

一、是书词意新雅，久为名公巨卿赏鉴。但创始刷印，卷帙较多，工力浩繁，故未加评点。其中用笔吞吐虚实掩映之妙，识者当自得之。

一、向来奇书小说，题序署名，多出名家。是书开卷略志数语，非云弁首，实因残缺有年，一旦颠末毕具，大快人心，欣然题名，聊以记成书之幸。

一、是书刷印，原为同好传玩起见，后因坊间再四乞兑，爰公议定值，以备工料之费，非谓奇货可居也。

壬子花朝后一日，小泉、兰墅又识。

程先生与高先生也实在是不易，完成一项了不起的文化工程，却要满怀歉意地向人解释：

对不起，上回因为你们急着看，我们的编辑工作不到位，发现了很多错漏的地方，这回我们改了。

对不起，前八十回实在是因为各家抄本都不一样，我们就是为了您读起来方便，才改了些句子，不是想显摆自己比人家能。我们也不知道哪些是真的哪些是假的，我们也只能按照正常人的理解，选定合情合理的那种了。

对不起，后四十回实在是没有可以对照的抄本，我们手里的稿子也是散的，我们尽量让前后呼应，没有矛盾，我们可没有擅自改动原文啊。只希望以后能找到好本子，我们再改回来——我们可不想掩盖这本书的原来面目啊！

对不起，因为工作量太大了，就不加评点了——反正明眼人肯定能看懂。

对不起，本来这种书的序和前言，该找大咖来写，我们只是好不容易编完了这部书，太兴奋了，我们写的这可不是什么弁言，只是想记录下来这一刻！

对不起，这本书本来是同人分享，但出版社死乞白赖地要公开发行，大家就商量出了个定价，印书也有成本呀——不是我们要卖高价啊！

对于这份引言，后世的《红楼梦》专业研究者和业余爱好者有各种各样的解读，对连出两版《新镌全部绣像红楼梦》感到困惑，有各种猜想，诛心说、阴谋论都有，若有兴趣可自行搜索来看。

我认为这份引言很朴素，就是在向读到这部书的人解释，七条都是有针对性的回应。我的猜想是也许冬天那版书出来之后，程、高两位收到了不少反馈意见：八十回内容如何取舍的？后四十回内容来自哪里？书稿上的评点去哪儿了？

当然，这只是我的猜想。这本书编校出版的具体情境如何，工作量到底有多大，有没有班底和团队，资金从何而来……我们都一无所知。

真正让我觉得有意思的是最后一条，“坊间”出现了，这不再只是同人之间的小游戏——《红楼梦》“破圈儿”了。

4

萃文书屋活字排印的这两版《新镌全部绣像红楼梦》，确定了我们看到这部书的基本面貌。蒙胡适先生赐名，今天我们把乾隆五十六年（1791 年）辛亥冬日后印的那版称为“程甲本”，乾隆五十七年（1792 年）壬子花朝后印的那版称为“程乙本”。

当然，这一称呼要到 20 世纪才出现，在乾嘉年间，这两个版本应该不会被阅读者严格予以区别对待。

这两个版本之间有两万多字的差别，是分散于各个章节的，专业研究者已经把研究精确到每一页每个字，还涉及清代木活字印刷的各种专业技术问题，是否压边框，分割线的情况，活字的异同……委实用心良苦。

我这里只引用涉及异文的一些数字资料：程甲本共 1571 页，程乙本共 1575 页；完全没有变化的页数只有 56 页；前八十回改动 15537 字，后四十回改动 5967 字。这些数字说明这是一次深入全面的校勘、改动，难怪后人质疑程、高是如何在两月间完成的。我也很想知道，那个壬子年的新年，他们是如何过的……

萃文书屋应该是很快且不断在重印这两个版。20 世纪中，不断发现萃文书屋的印本，又有研究者在比对之下发现了不同排版的异文，于是“程丙本”“程丁本”都出现了，甲乙丙丁闹了一通，也没什么结果，最为主流的判断还是将其归为程甲本的异文本，或者是程乙本的异文本。

程甲本与程乙本的优劣问题，直到今天都还有人在争论，除了少数以此为业的人，这样的争论，原本不必传到普通阅读者耳朵里去的。若你听到了，就该想到，一定是“坊间”的力量加入了。

不只萃文书屋在重印，全中国的“出版社”都在拿着他们的版本印。一位远在江南的学者周春，治经学史学文字声韵，著作颇丰，后来还写了本《阅红楼梦随笔》。他乾隆五十五年才从亲戚那里听说了《红楼梦》这部书，没有看过，他说：“壬子冬，知吴门坊间已开雕矣。兹苕估以新刻本来，方阅其全。”[1]

“苕估”，指的是书贩。乾隆五十七年（1792年）春天，北京萃文书屋活字排印，当年冬天，周春就已经听说苏州的书坊已经在做雕版准备刻印了。等到书贩给他带来新刻本，他才完完整整地看了这本书。

---

1 周春：《阅红楼梦随笔》，中华书局影印本，1958年。转引自李广柏《红学史》，广东教育出版社，2010年，第153页。

周春不仅看了，而且看了不止一遍，还留下了一本读书笔记。当然，这样做的远不止他一个人。

《红楼梦》这部书，在程、高两位先生的帮助下，终于不再是依赖他人的善意和喜爱获得容身之所的软弱残躯，变成了可以自由行动、自行复制、不断结合、不断繁衍，甚至跨族群变身的强大物种。

我有时候想，程、高两位，很像那些在魔幻故事里释放了某种神奇生物的"肇事者"，他们开启的这个故事，参与进来的人越来越多，评价和判断也越来越多，故事也就越来越不可思议。

他们肯定无法想象有一种叫作互联网的奇怪东西，200多年后，一些负载着信息的电磁信号在这张无形的"网"上传播，翻译成两位先生能够理解的文字，概而言之：程伟元和高鹗是用心险恶篡改《红楼梦》的千古罪人……这些信息会与另外一些信息碰撞在一起：程伟元、高鹗保全《红楼梦》，却"蒙冤"90年……

这些对他们来说，毫无意义。他们做了一件满足自己心愿的事情，程伟元几年之后去给盛京将军做幕僚了，偶尔继续一下编辑出版的业余爱好；高鹗则要接着去赴他的会试、殿试，走上仕途。在《月小山房遗稿》中，高鹗有一首诗，名为《重订红楼梦小说既竣题》：

老去风情减昔年，万花丛中日高眠。

昨宵偶抱嫦娥月，悟得光明自在禅。[1]

35 岁的他，我们今天看，还很年轻，说自己“老夫聊发少年狂”的苏轼，也只 38 岁。此处言“老”，况味如何，我不能尽知，但我知道，光明自在，很好。

5

乾隆纪年到六十年（1795 年）止。这位“十全老人”传位给十五阿哥颙琰，自己要当太上皇了。据说有不在天子脚边儿的窑口，不知道大年初一京城里发生的事儿，糊里糊涂地在瓷器题款上写的还是“乾隆六十一年”。

生活有着巨大惯性，这个国度里所有的人，从帝王将相到贩夫走卒，既被这惯性裹挟又用自身的重量加剧着惯性，大清帝国依旧是一片热热闹闹的人间烟火。马戛尔尼使团，

1 高鹗：《月小山房遗稿》，嘉庆刻本，转引自李广柏《红学史》，广东教育出版社，2010 年，第 34 页。

来了，又走了，不是什么大事儿；不是乾隆六十一年，而是嘉庆元年，也不是什么大事儿。

爱新觉罗·裕瑞，豫亲王多铎的五世孙，这段时间心心念念的也是自己的四册诗集，他把它们寄给了江南的随园主人。

我一直以为《随园诗话》只是“诗话”，现在看看，还有点儿“大清文学年鉴”的功能，袁枚显然是当时的文艺批评权威，“则瑞幸以先生传，一经品题，便成佳士，诚平生之大愿也”。

裕瑞显然很羡慕自己的舅舅们与袁大才子的那些佳话——他的母亲是富文之女，明仁、明义都是他的堂舅——渴望和他们一样通过随园主人，进入文学史。

彼此都很给面子的事情，袁枚立刻把裕瑞这封信收在了《随园续同仁集》里，还在《随园诗话补遗》中专门写了一条，价值上得很高：“本朝文运昌明，天皇之裔，皆说礼敦诗。前已载瑶华主人、樗樽世子诗矣。今又接到豫亲王世子思元主人诗文四册，殷殷请益……”袁枚从头数了一遍有多少个姓爱新觉罗的给他投过稿，最后录了裕瑞的两首诗和几句“佳句”。

袁大才子固然名重一时，但他的“诗话”“随笔”错漏百出，在上条里被点过名的檀樽世子昭梿很不给袁枚面子，在他写的笔记《啸亭续录》里忍不住问他："记同时人之事，乃舛错至此，何也？"

为什么？首先是因为袁大才子容易想当然，高兴起来就信口说。他在《红楼梦》上闹过一个著名的笑话，看了明义的《题红楼梦》，他自己没读过抄本也没看过印本，只为"风月繁华"四个字，想当然地就把"红楼"当成了"青楼"，把十二钗当成了"十三钗"，雅称"女校书"。

《随园诗话》（壬子随园刻本）卷二第二十二条：

康熙间，曹练亭为江宁织造，每出，拥八驺，必携书一本，观玩不辍。人问："公何好学？"曰："非也。我非地方官，而百姓见我必起立，我心不安，故借此遮目耳。"素与江宁太守陈鹏年不相中，及陈获罪，乃密疏荐陈。人以此重之。其子雪芹撰《红楼梦》一部，备记风月繁华之盛。明我斋读而羡之。当时红楼中有某校书尤艳，我斋题云："病容憔悴胜桃花，午汗潮回热转加。犹恐意中人看出，强言今日较差些。""威仪棣棣若山河，应把风流夺绮罗。不似小家拘束态，笑时偏少默时多。"

后来郭沫若读到此处嘲笑袁枚："诚然风物记繁华，非是秦淮旧酒家。词客英灵当落泪，心中有妓奈何他。”

还有一个原因，就是当时的出版状况，“盗版”相当普遍，尤其是随园系列，已然成了当时文青案头必备之书。袁枚自己在《小仓山房诗集》中有一首题为《余所梓尺牍、诗话被三省翻板近闻仓山全集亦有翻者戏作一首》：“自梓诗文信未真，麻沙翻板各家新。左思悔作《三都赋》，枉是便宜卖纸人。”

三省——也许还不止——盗版的过程中，错漏增删擅自改动，什么情况都可能发生，现今存世的《随园诗话》，版本颇为混乱，上面被频繁引用的“红楼女校书”那条，异文就有很多种，错也错得多姿多彩。

裕瑞若只是那密密麻麻的诗话里普通且无趣的一条，谁又会在意“瑶华主人”“檀樽世子”之后的那个“思元主人”是谁呢？他真正传名不是因为袁枚，而是因为他自己在19年之后，写了一本《枣窗闲笔》，收录了8篇书评，其中7篇都与《红楼梦》相关，另外一篇是关于《镜花缘》的。

这7篇有一个共同的主题，谈《红楼梦》的续书。[1]

1 裕瑞：《枣窗闲笔》，上海古籍出版社影印本，1984年。《枣窗闲笔》所收篇目名：《程伟元续红楼梦自九十回至百二十回书后》《后红楼梦书后》《雪坞续红楼梦书后》《海圃续红楼梦书后》《绮楼重梦书后》《红楼复梦书后》《红楼圆梦书后》《镜花缘书后》。下文所引相关内容，皆出自该书。

裕瑞把程本当作续书的一种对待。他说他看到过八十回抄本，与现在的刻本前八十回略有不同，上面有雪芹叔辈人名为“脂砚斋”的批语，而且也看到过八十回后的回目，与现在的“四美钓鱼”也不一样。他讲述了自己从家族长辈那里听来的关于曹雪芹的点滴：

雪芹二字，想系其字与号耳，其名不得知。曹姓，汉军人，亦不知其隶何旗。闻前辈姻戚有与之交好者，其人身胖头广而色黑，善谈吐，风雅游戏，触境生春，闻其奇谈娓娓然，令人终日不倦，是以其书绝妙尽致。闻袁简斋家随园，前属隋家者，隋家前即曹家故址也，约在康熙年间。书中所称大观园，盖假托此园耳。其先人曾为江宁织造，颇裕，又与平郡王府姻戚往来……其书中所假托诸人，皆隐寓其家某某，凡性情遭际，一一默写之，唯非真姓名耳。闻其所谓宝玉者，尚系指其叔辈某人，非自己写照也。所谓元迎探惜者，隐寓原应叹息四字，皆诸姑辈也……八十回书后，唯有目录，未有书文，目录有大观园抄家诸条……盖雪芹于后四十回虽久蓄志全成，甫立纲领，尚未行文，时不待人矣。又闻其尝作戏语，“有人欲快睹我书不难，唯日以南酒烧鸭享我，我即为之作书”云。

这段话给了我们一个黑胖的大头曹雪芹的形象，与那个“四十萧然太瘦生”迥然不同。粽子、汤圆都有“甜党”和“咸党”，对于曹雪芹的想象，也有“胖党”和“瘦党”。不过似乎“胖党”一直没有获得太大支持，今天看到的曹雪芹的雕像、画像，大多是瘦的。我想也许是审美趣味，黑胖大头，与一般人悲剧性的想象落差有点儿大。另外裕瑞说的也含混暧昧，听说，听谁说的？前辈姻亲是谁？舅舅们吗？舅舅们自己既没留下白纸黑字，也没别的佐证，且从舅舅们生卒和裕瑞的年纪推断，他也似乎没机会听他们闲话。

传说听听也好，我私下觉得，这个触境生春的话痨型黑胖子，显然比那个“步兵白眼向人斜”的瘦版雪芹更接近小说家和《红楼梦》——当然，“我觉得”，没意义，算不得数，当不得真。

《枣窗闲笔》更大的意义，不在关于雪芹的点滴，甚至不在让很多20世纪研究者怦然心动的“脂砚斋”三个字，还有那石破天惊的“叔辈”两字，而在于它告诉我们：《红楼梦》“出道”20年，乘风破浪，或者兴风作浪，显示出了多大的生命力量。

除程高本外，《红楼梦》刊印之后短短20年间，就有了至少六种刊印、发行，产生影响的续书。而且，“及传奇、盲词等杂作，莫不依傍此书创始之善也”。

传奇，指的是戏曲舞台演出剧本，盲词，是指用以说唱的曲词鼓词。改编的出现，意味着《红楼梦》已经摆脱了“文字”这个受限的原生状态，通过跨物种繁衍，更大程度地提升了自己的生存度。

读书是需要认字的，但看戏听书，门槛就大大降低了，《红楼梦》离化身妇孺皆知的国民故事，需要的只是一点点时间而已。

6

几乎就在第一时间，关于《红楼梦》的“原教旨主义”也诞生了。

“雪芹原意”是其第一要义。

裕瑞是我们可以确认的第一位《红楼梦》演化史上的“原教旨主义者”。

他首先质疑了程、高两位的“鼓担”故事：

观刻本前八十回，虽系其真笔，粗具规模，其细腻处不及抄本多矣。或为初删之稿乎？至后四十回迥非一色，谁不了然，而程、高辈谓从鼓担无意中得者，真耶假耶？

然后裕瑞进行了文本细读，认为人物性格逻辑不对，情节大不合理，读来“味同嚼蜡”，“妙玉走火入魔”“潇湘鬼哭”皆“大煞风景”，最后断定是“补著无疑”。

裕瑞还发现有人照方抓药：《后红楼梦》的作者，甚至伪造了雪芹妈妈的信，来证明自己重金购得的三十回是“雪芹原编”，手法拙劣，行文更非“雪芹原意”。

但手段拙劣者，欺人也浅，更何况人家还怯怯地加了个“后”字，别的要么在“红楼梦”前写上“续”，要么变成“圆梦”“复梦”，不像程、高，大咧咧就说是《红楼梦》，生生把《红楼梦》弄成了《庄子》内、外篇，赝鼎冒充珍璧，裕瑞义愤填膺，叫苦连天：

呜呼！此谓为雪芹原书，其谁欺哉？四十回中似此恶劣者，多不胜指，余偶摘一二则论之而已。且其中又无若前八十回中佳趣令人爱不释手处，诚所谓一善俱无、诸恶备具之物，乃用之滥竽于雪芹原书，苦哉、苦哉！

说这是雪芹的原书，你骗谁呢？

裕瑞不会孤单，他的后来人很多，当然，反对者也很多。热热闹闹的真伪互撕连台本戏还有200多年要演呢，这不过才起了个头儿。

从永忠、明义，到程伟元、高鹗，他们对《红楼梦》，依然是面对“爱物”的态度，是心头好，珍之宝之，但也只是把此一玩，即便程、高两位付出心力，两度排印刊行，也是为了方便“同好传玩”。

二三十年过去了，到了裕瑞，《红楼梦》依然是因为“佳趣令人爱不释手”，但微妙的态度转化还是发生了，他不只是“玩”，他还要界定“玩”的原则与规矩——他选择了些“没规矩”的坏典型，挨个儿批评。

我的态度比裕瑞先生柔和多了。

我觉得，那些续写《红楼梦》的人，文字差强人意不必苛责，动机目的也不必妄加揣测。或如他们所说，因为程高本的结局让他们“含恨”，为了解恨把黛玉、晴雯都从地府召回阳间，团圆一番，自己才心满意足；哪怕他们就是为了追名逐利——《红楼梦》畅销，续书跟着也畅销——这些都没关系。

对于《红楼梦》来说，这一切都是自身生命能量越来越强的标志。

仅只靠着“有意思”,《红楼梦》用了不到50年的时间，就“倾国倾城”了。接下去的100年，“世界”闯到了中国面前，在“两千年未有之大变局”中,《红楼梦》开始变得越来越“有意义”。

第三章　两般谁幻又谁真

1

公元 1868 年，大清同治七年。

清王朝这 30 年的日子，实在不好过。7 年前，热河，帝国的皇帝在行宫中闭上了眼睛，不必再面对圆明园的大火，不必再听英法联军的枪炮声，不必再为撕裂帝国腹部的太平天国感到疼痛……

养心殿的龙椅上坐上了 5 岁的爱新觉罗・载淳，后面的那道帘子后面，坐着两宫皇太后慈安与慈禧。而这位慈禧太后，在接下来的半个多世纪中，将成为这个老大帝国的实际统治者。

祖宗的家法还是祖宗的家法，天下却不再是祖宗在时的天下。

她不得已要去应对那些从山的那边、海的那边跑过来的洋人，签下了一系列将被历史烙上“丧权辱国”四字的条约，白花花的银子与大片的土地被人拿去，她也知道，必须改变了。

7 年过去了，她似乎干得还不错，太平天国彻底被剿灭，祛除了心腹之患，曾国藩、李鸿章、张之洞、左宗棠一干能臣进入朝廷，“师夷制夷”，自强求富的洋务运动有模有样，她面前似乎出现了一道“中兴”的弧光。

一海之隔的邻居，日子同样艰难的日本，16 岁的睦仁，依靠拥护者的支持，从战败的幕府将军德川庆喜手里夺得政权，改江户为东京，取年号为“明治”，登基成为天皇。彻底改变这个岛国命运的“明治维新”，自此肇始。

北边的邻居俄罗斯，那个 4 年前刚从从慈禧手里抢走了 44 万平方公里中国国土的亚历山大二世，因为宣布废除农奴制的法令，成了“解放者”。而距离莫斯科 190 多公里的亚斯纳亚 · 波利亚纳，那位曾经在自己庄园里试验解放农奴受挫而一度心灰意懒的列夫 · 尼古拉耶维奇 · 托尔斯泰伯爵，过去 5 年都在埋头写作。他这部名为《战争与和平》的长篇小说，还有一年才能完成。

“小说”一词，三四十年后，将成为中国最时髦也最重要的名词之一。但在同治七年，1868年，一位因为兴办洋务有力而得以擢升的中国官员，江苏巡抚丁日昌，颁布诏令，严厉查禁“淫词小说”，他开列了一张156种的应禁书目名单，其中包括：《红楼梦》《补红楼梦》《红楼重梦》《续红楼梦》《增补红楼》《后红楼梦》《红楼复梦》《红楼补梦》《红楼圆梦》，以及《水浒传》《西厢记》《牡丹亭》《金瓶梅》《续金瓶梅》《品花宝鉴》《子不语》《夜行船》……[1]

2

时光倒流27年，丁日昌年未弱冠。广东诗人黄昌麟写了本诗集《红楼二百咏》，一百首咏人，一百首咏事，都是七绝，请丁日昌品鉴。这本诗集的序与跋，都是丁日昌写的。[2]

他在序言中这样评价黄昌麟的诗：“夫《红楼》，幻事也。而作者竟能发乎情，止乎义，包廿二史治乱之迹，统四千余年得失之故，寓之声诗，形诸词韵，大有裨益于世道人心。”

---

1 参见孔另境辑录《中国小说史资料》，上海古籍出版社，1957年，第260—266页。

2 《红楼梦二百咏》中丁日昌的序与跋，引自一粟：《红楼梦书录》，中华书局，1963年，第277—278页。

丁日昌认为,《红楼梦》是虚构的小说，但是黄昌麟选择这样的题材来做诗，却并不是纯粹的个人抒情，而是从中间发现了治乱得失，所以是有价值的。

他的跋是骈文，感受一下：

叹红尘之苦梦，感粉黛之多情，久欲舒愁，深惭握笔，因聆雅致，忽触幽衷。奏阳春白雪之曲，国中歌而和者何人？听高山流水之音，座上知而赏者几辈？谬蒙青眼，付我丹黄；焚香细读，知其与廿史相发明；对月长吟，固已夺六朝之绮丽。

丁大人这件“打脸”的事，被不少后人笑。有人笑他“虚伪”，有人指责他年纪大了，地位变了，就失却真性情，变成了“卫道士”。这是心思单纯、不无天真的判断，也实在小看了丁大人。

丁日昌是开明豁达的洋务派能臣，他建立了江南机器制造总局，建成了中国第一条自营、自建的电报线路，派出了第一批留美幼童，建议改革科举，改八股为八科，从船政学堂选择优秀学生送其出国留学，组织翻译西方科技书籍，在通商口岸建立报馆，广建义学。就在禁书的同一年，他拟定了三洋水师的章程，使自己提出的建立新式海军的建议变得具体可行，他整顿绿营，建立练军。任职上海时处理外交事务，非常有力地捍卫了国家利益，收回了吴淞炮台基地，丁忧在家兴办了轮船公司，晚年派人勘察重绘广西与越南相邻的边境地图，他还是为人称道的藏书大家……

丁大人并不“冬烘”，他少年时的序跋与中年的禁书名单之间有着内在一致的深层逻辑：世道人心。

换成今天我们可以理解的话来说，就是社会风气，精神文明建设。

黄昌麟的诗，发乎情、止乎义，将“野史”与正史互相阐发，从中总结出兴衰得失来，但并不是所有人读《红楼梦》都能如此产生“正能量”的。

陈其元在江苏任职期间，深受丁日昌器重，他晚年辞官归家，所著《庸闲斋笔记》里，记载了一个痴迷《红楼梦》而死的女孩子。这个故事广被引用，从来都是用来说明《红楼梦》的艺术魅力。[1]

他讲了自己年轻时在杭州读书的时候，听说有个商人的女儿，生得美，还很会写诗，最喜欢读《红楼梦》，以至于

---

1 引自一粟：《古典文学研究资料汇编：红楼梦卷》，第二册，中华书局，1963年，第 382 页。笔记原文见本章附录。

得了痨病，病情危急的时候，父母认为是那部书惹的祸，就把书扔到了火里，那女孩子在床上大哭着说：“为什么要烧死我的宝玉！”说完，人就死了。这件事在杭州城传为了笑话。

陈其元在讲这段故事之前，先说了这样一段话：“淫书以《红楼梦》为最，盖描摹痴男女情性，其字面绝不露一淫字，令人目想神游，而意为之移，所谓大盗不操戈矛也。”

这段话也广被引用，用来说明《红楼梦》如何在封建社会受到“歧视”，尤其那句“为最”，也被用来反证《红楼梦》具有何等强大的“反封建性”——恶毒的诋毁后面，藏着深深的恐惧。

除了在研究资料中，我很少在别的文章中看到这段话和这个故事同时被人引用的。其实它们在《庸闲斋笔记》中是同一条。这段话之后，是丁日昌曾严令禁止“淫词小说”一事，后面接着的是那个故事。

故事只是思想和行动的例证——陈其元要说的是“淫书杀人”。

禁书，对于丁大人来说，不过是日理万机中的一件小事——英国军队赖在吴淞口一年了，要赶走；法国人在越南鬼鬼祟祟，广西边境要提防；有枪炮要造，有煤矿要开，有海军要建……要是不被什么提醒了，这事儿，只怕他未必会有空再想。

至于民间，禁的是“淫书”，又不是“反书”，也没谁会真的十分在意。陈其元也说，丁中丞的禁令没什么效果。也许还有反效果——丁大人等于给这些书做了权威且有力的宣传推广。这有点儿像宗教改革时期罗马教会给出的禁书名单，最为关注的是出版商，书单上只要出现新书名，立刻开始加印。

当时就有人笑他“多此一举”，丁大人等于给那些喜欢看“淫艳之书”却并不知道具体看什么的少年子弟，直接开了一张“书单”。他们可以拿着单子去找了。

3

《红楼梦》在19世纪初，就成了我们的国民故事。

虽然依旧跻身于艳情小说之列，但《红楼梦》是新的，是特别的，是高端时尚的标志。嘉庆二十二年刊印的得硕亭所著的《草珠一串》，又名《京都竹枝词》，其中“时尚”门有这样一首：

做阔（京师名学大器派者曰做阔）全凭鸦片烟，何妨做鬼且神仙。闲谈不说《红楼梦》（此书脍炙人口），读尽诗书也枉然。[1]

这首竹枝词的后两句经常被引用——反话正听，我就当你是夸《红楼梦》的。其实这不过是在说《红楼梦》很流行，流行的未必是好的，鸦片一样很流行。

“鸦片”两字，是血泪斑斑的中国近代史上加粗加黑的关键词，跟在它后面的是一场又一场的战争，带来割地赔款条约的失败战争……

战争还未到来，生活依旧在巨大的惯性中向前滑行。

《红楼梦》已续完全，条幅齐纨画蔓延。试看热车窗子上，湘云犹是醉眠。[2]

这是1819年的《续都门竹枝词》中的一首。

《红楼梦》作为流行IP，文化创意衍生品已经到处都是了，有条幅、扇子、车窗装饰画……新鲜的黛玉葬花、湘云

1 得硕亭：《草珠一串》，见《清代北京竹枝词》，北京古籍出版社，1982年，第54页。

2 张子秋：《续都门竹枝词》，见《清代北京竹枝词》，北京古籍出版社，1982年，第64页。

眠芍、宝钗扑蝶……已经取代了陈旧的莺莺听琴、嫦娥奔月、西施浣纱……

如果《红楼梦》停留在这香艳丛中，这份新鲜感也会消失，再说它跟晴雯一样，也就枉担个虚名，一心要看淫书的人，翻开一定会失望的。

曹雪芹在《红楼梦》中借石头之口，明确地表达了自己的“创作理念”，他选择了谈“儿女之情”这一题材，就知道会被别人误会成相同题材的两类作品：一种是才子佳人小说；一种是坏人子弟的风月笔墨——那才是真正的“淫书”。他说自己写的绝不是这两种东西，他要“开生面，立新场”——那他要表达什么呢?

这世界上最荒谬可笑的事情，就是让小说家“招供”——你想表达什么?

于小说家来说，最可怕的事情，就是回答这个问题。至少曹雪芹，倒不必面对这样的难堪与痛苦了，反而他通过开宗明义的一番“作者自述”，把这个问题变成了大家的难题与麻烦。倘若曹翁有灵，看着大家口沫乱飞地争来争去，一定会笑吧?这也算是对他诸多不幸的一丁点儿虚幻的补偿。

据研究者统计，清代以《红楼梦》为题材的诗作，留存到现在的还有3000余首，百首以上规模的集子就有多部。

不只宝黛钗有人献诗，十二钗人人有份，晴雯、袭人、紫鹃、麝月、平儿、小红等辈也能分到，贾母、刘姥姥、邢夫人、王夫人、薛姨妈有诗，尤二姐、尤三姐有诗，她们的母亲尤老娘也有诗，周姨娘、赵姨娘有诗，就连赖嬷嬷、赵嬷嬷、李嬷嬷都有人歌之咏之。

歌咏小说中的人物和情节，其实是一种文学鉴赏和文艺批评，不过是用诗歌的形式写成的而已。评论专著越发地多起来。有像涂瀛《红楼梦论赞》那样专门的“人物论”，也有二知道人的《红楼梦说梦》、诸联的《红楼评梦》那样的笔记体文集，说事儿也说人，还有不少专著或者杂论分析“笔法”“用意”。对人对事的看法，对叙事艺术的理解，自然是千口千辞，众说纷纭，每个人都有自己的《红楼梦》。

诸联说：

《石头记》一书，脍炙人口，而阅者各有所得：或爱其繁华富丽，或爱其缠绵悲恻，或爱其描写口吻一一逼肖，或爱随时随地各有景象，或谓其一肚牢骚，或谓其盛衰循环提矇觉瞶，或谓因色悟空回头见道，或谓章法句法本诸盲左腐迁。

亦见浅见深，随人所近耳。[1]

诸联同学倒是宽容得很。

《红楼评梦》和《红楼梦说梦》都是笔记体，逐条写来，涉笔成趣，我选了些附在这一章后，有想看的自行看看，你会发现，不少条目与21世纪的公众号文章颇有神似之处，有“槽点”，有“泪点”，有时走个心，抒把情，有时抖个机灵，开开玩笑。他们从大观园里的女子身上看到了科场命运，我们看到了职场命运，用的是相同的脑回路。

这依然是“有意思”的部分，是“得浅”，那么“得深”之处，就必然走向“有意义”了。这个意义，还很重大。

“盲左腐迁”说的是左丘明与司马迁，一个盲人和一个遭受宫刑的“罪人”，前者写了《左传》，后者写了《史记》。以史为鉴，可以知兴替。经史子集，是正经书，史部还在子部之前，《红楼梦》以“一世家”概括“百千世家”，虽是“稗史”，也有益于名教。

年轻的丁大人也看到过这个意义，能看到这些的当然是士大夫。《红楼梦》素来讨读书人的喜欢，清代的士大夫如

---

1 诸联：《红楼评梦》。引自一粟：《中国古典文学研究资料汇编·红楼梦卷》第一册，中华书局，1963年，第117页。

此，民国乃至当今的知识分子也如此，这群人的天然使命，就是给这世间万物赋予意义。

于是，有人提出来应该把《红楼梦》收入“四库”，进入“经史子集”之列。当然，也有人觉得该禁毁。还有人把《红楼梦》看成精神上的鸦片烟，幼稚荒唐地提出应该报复性地输出海外用来“流毒”。

那情形倒如贾雨村形容的正邪两气相遇——两不相下，既不能消，也不能让，不过两边心不齐，力却很协，一起把《红楼梦》从那香艳丛中给推了出来。

4

出来倒是出来了，只是该落脚在何处？

《红楼梦》说的是什么——这个问题，依旧是个问题，而且越来越难回答。

不过对于《红楼梦》来说，这显然是件好事，答案越多，刊印的书越多，它的生存度就越高。到了同光以后，市面上的《红楼梦》主要都是以评点本的形式存在，不带批注的《红楼梦》也有，但带批注的评点本显然更受欢迎。

各种各样的评点本，都在试图回答这一问题。

多解释一句，中国的“说部”，与现代概念的小说所涵盖的内容不尽相同，它包括各种虚构叙事作品，《西厢记》是杂剧，《牡丹亭》《桃花扇》是传奇，都是剧本的形态。莎士比亚的《罗密欧与朱丽叶》，国人弄懂了内容，当时也会归到“说部”里去的。

“说部”中的名著常有名家的评点本，如《三国演义》有毛宗岗父子评点本，《水浒传》《西厢记》有金圣叹的评点本，《金瓶梅》有张竹坡的评点本，这些作品因此也获得了“奇书”“才子书”这样的封号，金圣叹还给才子书排了位次。现代学术规范建立之后，这被看作独特的传统文学批评方式。当时的人没有这种概念，只是觉得更好看——跟开着弹幕追剧大概是一种感觉。而且这个发弹幕的人肯定不是“小学生”，没有“中二病”，是你喜欢且钦佩的大咖，甚至就是“爱豆本豆”——金圣叹自己的粉就不少，他见识高迈，深刻幽默，一针见血，逸趣横生，看得你忍不住会心一笑。好的评点本身就是杰出的创作，我读金圣叹批的《西厢记》，就有如此感觉。

当时有不少人喟叹《红楼梦》未能遇上金圣叹，不然定会好看煞人。

金圣叹是回不来了，但还有别人，更多的别人。

批红楼的人，有的可能是源于出版商的请托，但多半是因为自己真心喜爱。如张新之，他是北京人，但是往来于南北官署，显然是在为宾做幕。他从黑龙江都护府，到福建莆田，最后在台湾府署完成了对《红楼梦》的批注，历时24年。

民国之前，最为流行的评点本《红楼梦》是由王希廉、张新之和姚燮三家批注的。王希廉，字雪乡，号护花主人，书斋名双清仙馆；张新之，号太平闲人，又号妙复轩；姚燮，字梅伯，号大某山民。

从存世的评点本来看，《红楼梦》的出版一直都没中断。即便有些地方发了禁令，换个名字照样出——《红楼梦》太刺眼，就改回用《石头记》，再不行换成《金玉缘》，还有改称《大观琐录》的，大多还要带上“增评补图全本”的字样。版本质量参差不齐，评点的人除了上面提到的三位之外，还有各色别的名号。

评点全书，一般要总体性地回答“《红楼梦》的内涵与意义”这个问题。

这个主要体现在卷首的“序”与“读法”，内文中的批语通常涉及人物评价、文笔赏析等等。

护花主人的回答是：《红楼梦》专叙宁荣兴衰事，劝惩示儆，警醒痴迷，虽“小说”却有教化功能如经史。

太平闲人的回答是：《石头记》乃演性理之书，祖《大学》而宗《中庸》……大意阐发《学》《庸》，以《周易》演消长，以《国风》正贞淫，以《春秋》示予夺，《礼经》《乐记》融汇其中。

大某山民的回答是：此书空中结撰，但非空中楼阁，作者经历一番，所以此书虽“假”，不妨做“真”看。[1]

此外还有虽然没有刊印却有一定影响的桐花凤阁主人陈其泰的批注，他给出的答案是：继《离骚》……发愤而著书。[2]

不管是什么吧，反正《红楼梦》此时总算摆脱了容易被人误解的艳名，端丽高贵起来。只可惜，“助教化”也好，“明明德”也罢，自叙经历，发愤著书，到了这个时候，都无法成为《红楼梦》安稳的立足之地了。

时代的风云早起了，此时则成了雷霆暴雨。“同光中兴”幻觉般地消失了，黄海上，沉下去的不只有北洋水师的军舰，还有清王朝30年自强的努力。北京城里，“戊戌六君子”人头落地。谭嗣同横刀向天，梁启超远走日本。

1 曹雪芹、高鹗著，护花主人、大某山民、太平闲人评：《三家评本红楼梦》，上海古籍出版社，1988年。

2 陈其泰的批本现藏杭州图书馆，北京图书馆出版社于2001年影印出版《程乙本红楼梦——桐花凤阁批校本》。

梁启超在日本创办了《清议报》。第一期上就登了他的《译印政治小说序》。梁启超发现，西方列强乃至日本的进步，政治小说的功能最高——小说是国民之魂。他认为中国国民的这个“魂”，不行！

述英雄则规画《水浒》，道男女则步武《红楼》，综其大校，不过诲淫诲盗两端。陈陈相因，涂涂递附，故大方之家，每不屑道焉。[1]

刚刚从“卫道士”的淫书名单上挣出来，又上了“维新派”的淫书名单，想必这部书的内心也是很崩溃。

“小说界革命”来了，而《红楼梦》成了革命的对象。

5

20 世纪开始了。

对于清王朝来说，这是个狼狈不堪的庚子年：义和团，八国联军，庚子赔款，辛丑条约……东北海兰泡，俄国军队

---

1 梁启超：《译印政治小说序》，引自《中国近代文论选》，人民文学出版社，1959 年，第 150 页。

大肆屠杀着“龙兴之地”上的子民，亡国灭种的乌云笼罩在这个古老帝国的上空。

香港，孙中山接任兴中会会长，为免“子子孙孙为他族奴隶”，他和他的同志们，开始了一次又一次把头颅与炸弹一起投向清政府的起义。

欧洲，德国物理学年会的例会，马克思·卡尔·路德维希·普朗克做了《论正常光谱中的能量分布》的报告。报告中那个被他叫作“基本作用量子”的h，后来被命名为普朗克常数。此前的物理学自此成为“经典”，现代物理破茧成蝶，朝前只需再飞1000多个日夜，就是“爱因斯坦奇迹年”。

瑞典，诺贝尔奖设立。第二年，第一届诺贝尔文学奖颁给了法国作家苏利·普吕多姆，而不是俄国的那位托尔斯泰伯爵。这位普吕多姆是高蹈派诗歌的代表人物，一位“为气球、气压计歌唱，为海底电缆、摄影技术歌唱，为物种起源和特定引力测定歌唱的诗人”。

因为获奖者不是写出了《安娜·卡列尼娜》《战争与和平》和《复活》的托尔斯泰，42位欧洲知名作家和艺术家在媒体上表达不满，以至于瑞典文学院不得不在第二年公开做出解释，他们充分肯定了托尔斯泰取得的伟大文学成就，但他的小说“没有理想，否定一切文明，提倡无政府主义思想……”

在东京，梁启超的《新小说》创刊了。第一期上他发表了在国内引起巨大反响的《论小说与群治的关系》：

欲新一国之民，不可不先新一国之小说。故欲新道德，必新小说；欲新宗教，必新小说；欲新政治，必新小说；欲新风俗，必新小说；欲新学艺，必新小说；乃至欲新人心，欲新人格，必新小说。何以故？小说有不可思议之力支配人道故。[1]

开宗明义之后，梁先生开始分析这“不可思议之力”是怎么支配人的：“熏、浸、刺、提”，小说如同空气、粮食一般，对人的精神影响巨大。气势如虹的长文中被拎出来作为坏典型批判的有《三国演义》《水浒传》《石头记》《桃花扇》《西厢记》……总而言之：

今我国民轻弃信义，权谋诡诈，云翻雨覆，苛刻凉薄，驯至尽人皆机心，举国皆荆棘者，曰唯小说之故。今我国民

1 梁启超：《论小说与群治之关系》，引自黄霖、韩同文选注《中国历代小说论著选》（下），江西人民出版社，1985，第41页。

轻薄无行，沉溺声色，绻恋床第，缠绵歌泣于春花秋月，销磨其少壮活泼之气；青年子弟，自十五岁至三十岁，唯以多情、多感、多愁、多病为一大事业，儿女情多，风云气少，甚者为伤风败俗之行，毒遍社会，曰唯小说之故。今我国民绿林豪杰，遍地皆是，日日有桃园之拜，处处为梁山之盟，所谓“大碗酒，大块肉，分秤称金银，论套穿衣服”等思想，充塞于下等社会之脑中，遂成为哥老、大刀等会，卒至有如义和拳者起，沦陷京国，启召外戎，曰唯小说之故。呜呼！小说之陷溺人群，乃至如是！乃至如是！

梁先生痛心疾首，把老大帝国变成少年中国，这些有毒的“空气”与“粮食”就要不得：“故今日欲改良群治，必自小说界革命始！欲新民，必自新小说始！”[1]

拥有巨大惯性的现实，不会因为梁先生的一声断喝，猝然转向；新的中国小说，也不会因为这热烈的召唤，应声从天而降。但梁启超的倡议还是得到了广泛的认同与呼应。谈小说总比写小说要容易些，而且“新”的具体内涵是什么，写之前，总要弄弄清楚。数年间，300余篇关于小说的理论

1　梁启超：《论小说与群治之关系》，引自黄霖、韩同文选注《中国历代小说论著选》（下），江西人民出版社，1985，第41—45页。

文章遍布中国的刊物。

原本因为跟读者关系亲近，只被出版业偏爱的“说部”，开始被知识分子青眼以待，仔仔细细打量身量高低、容颜丑俊，要弄清楚它们的家世来历了。

提出“小说救国”的王钟麟，认为要振兴小说，不能不知道自己国家小说的历史。他完成了一篇《中国历代小说史论》，发现自己家的东西也不是全不能看，至少他看到了三个意义：愤政治之压制；痛社会之混浊；哀婚姻之不自由。

当然不止他一个人发现了：原来别人家有的，我们家也有。新的目光中，《水浒传》《红楼梦》的形象改变了：它们成为社会小说。

南社的陈蜕，江苏人，曾任铅山知县，后任《苏报》主编，写了不少《红楼梦》评论文章，收入自己的文集。在《列石头记于子部说》里，有这样的话：

> 《石头记》一书，虽为小说，然其含义，乃具有大政治家、大哲学家、大理论家之学说，而合于大同之旨，谓为东方《民约论》，犹未知卢梭能无愧色否也。[1]

---

1 陈蜕：《列石头记于子部说》，引自一粟：《中国古典文学研究资料汇编·红楼梦卷》第一册，中华书局，1963 年，第 269 页。

话说得有点儿激动，卢梭脸红不脸红不重要，反正宝玉在他眼里已经是自由平等的化身："恨社会不平，恨男女不平，恨夫妇不平，恨奴主不平，叹婚姻不自由，恨言论不自由。"认为宝玉可以"为共和国民，共和议员，共和大总统"。

一个选贾宝玉当大总统的共和国——也是蛮有意思的想象。再想想，单只在大观园里搞竞选，宝玉能胜出的概率有多少呢？

这话透着清末知识分子对"共和"热切却不无天真的想象。有趣，可以笑，但不可以嘲笑，今天我们天真依旧——看看我们如何围着 AI 写的七律啧啧赞叹，又如何想当然地到处盖着"古城"……

这篇文章让我印象深刻的是论证目的。都共和了，《石头记》也成了东方的《社会契约论》，但对它的褒奖方式，是要将其列入子部——因为曹雪芹"抗手老庄、突驾董杨足矣"。以前爱《红楼梦》的评者，大着胆子敢要的位份，顶多让它增列四库，自然是在集部。

民国二年（1913 年），陈蜕先生就去世了。他的这些话，大概也只有柳亚子和南社的朋友们听听，或者 100 年后，哪个想靠着《红楼梦》拿博士学位的人，翻资料的时候会翻出来。毕竟梁启超先生的声音，还是更响亮些。

不过就算真遂了陈蜕先生的心愿，让《红楼梦》入了子部，它也安生不了。用不了几年，一群后生就会嚷嚷起来，别说“子”部，就连“经”都该扔了，“孔家店”要被砸了。

6

想必曹雪芹行过大善，他留在人间的这点儿文字骨血总能逢凶化吉，遇难成祥。原本《红楼梦》解读中一直存在、但并不过分彰显的“索隐”一脉，这时却和时代的脉搏发生了奇妙的共振，使得这本书又柳暗花明起来。

“索隐”一词，有人考出自《易·系辞上》，“探赜索隐，钩深致远”，指的是探求隐微的事理。具体到《红楼梦》这部书，就是从小说描写之人事，索出“本人”“本事”和“本意”。

《红楼梦》以抄本形式流传的时候，关于这部书的“本事”传说就有了，最直接的是曹家本事——这个不算太“隐”。流传最多的是“明珠家事”说，宝玉就是那位纳兰容若，十二钗是他身边的士人；还有“和珅家事”说，十二钗对应的是他的十几房姨太太；此外还有“傅恒家事”说，因为外有皇后，内有王妃；“金陵张侯家事”说，这位一等侯张谦家有书中类似的变故。100多年下来，“宝玉是纳兰”的说法最为流行，但也没谁认真去索——梦外说梦，听听也就算了。

20世纪初的“索隐”就完全不同了，有理论，有方法，力图逻辑自洽，体系架构完整，他们要整体对《红楼梦》完成“符码翻译”，把这本“政治小说”“民族小说”的本来面目，清晰完整地呈现给人看。

他们索出来的“本事”，无论是雍正朝的，康熙朝的，还是顺治朝的，或者是从南明亡一直到雍正五朝的，都是为了揭露清廷的黑暗——如蔡元培先生所言，“吊明之亡，揭清之失”“作者持民族主义甚挚”。[1]

时代需要政治小说，我们定睛一看，原来手边这本《红楼梦》就是政治小说——你说巧不巧？

如此索隐的专著印刷出版，都得等到“共和”了之后。

在《红楼梦》进入现代的过程中，伴随着太多的论争，背负着太多的想法和情绪。然而也有一次例外，在光绪三十年（1904年），这部书与一个人，有过一次安静的、最初不

1 蔡元培：《石头记索隐》，岳麓书社，1999年，第25页。

为人所注意的邂逅。

这个人，就是王国维。

他写《红楼梦评论》那年，还曾写过一首《出门》诗。那诗是静安先生写给自己的，与《红楼梦》并不相干，但那诗的后四句，却仿佛是对着这部书说的，且提前告诉了这部书，接下去要经历的一切：

百年顿尽追怀里，一夜难为怨别人。我欲乘龙问羲叔，两般谁幻又谁真？

第四章　进入现代之破茧成蝶

1

1904年，光绪三十年，那一年全国各地前往河南开封赴会试的举子，并不知道自己参加的是中国历史上最后一次科举考试。

这一年，上海的《教育世界》杂志，有了一位新主编，他就是28岁的王国维。王国维15岁中了秀才，20岁乡试落第后，开始接触新学，再也无意于科举了。他在罗振玉的资助下去了日本，在东京物理学校留学，后因病回国。

他在日本掌握了两门外语：英语和日语，学习的是物理和数学，但他最为倾心的却是哲学。我们今天对哲学二字的感觉，偏于凌空蹈虚，但对那一代学人来讲，这两个字，有着巨大的现实关切。

胡适在《哲学史纲》中这么定义哲学："哲学是研究人生切要的问题，从根本上着想，去找根本的解决。"后来他在上海商科大学佛学研究会的讲话中，觉得"根本"两字意义欠明，略加修改："哲学是研究人生切要的问题，从意义上着想，去找一个比较可普遍适用的意义。"

王国维认为，"哲学是教育之母"。教育，也远非我们今天理解的学校讲堂付费课程，而是如何完成新的国民培养。

把人生安放在什么样的意义根基上，于个人，于国家，从来都是大事，也是关乎如何穿衣为何吃饭的实事。只是生活在相对稳定的"文化板块"中的我们，似乎不必太过急迫地面临思考和选择，但20世纪初的中国人，尤其是读书人，却非如此。

数千年兀自独立的"中国板块"与现代和西方狠狠地撞在一起，神州沦陷，山崩海啸，地火奔涌，生灵涂炭。横渠四句，到了这个时候，前三句也许被这一代的读书人修改成了"为天地换心""为生民改命""变往圣之学"，总还是为了最后那个"开太平"的意愿。

这意愿落到具体的个人性情、生命际遇与复杂现实中去，溶解在每个人的认知和行动中，显现出来的样貌，就千差万别了。但有一点是共同的，他们的学问，不是书斋里的、故纸堆里的，而是社会的、现实的。

正是经由他们，《红楼梦》完成了形象和身份的转化，进入了现代。

接下去的二三十年，遇上了他们的《红楼梦》，“有意思”这个层面很少再被谈论了，“有意义”开始成为这部书的主要存在方式。

从文章发表的先后论，王国维先生的《红楼梦评论》在前，但其实蔡元培先生的索隐开始得更早。

2

1904 年，《红楼梦评论》在《教育世界》上连载，第二年收入《静安文集》。在文集中，《红楼梦评论》前一篇文章是《叔本华之哲学及其教育学说》，后一篇文章是《叔本华与尼采》。

在序言中，28 岁的王国维，说那段时间看康德的《纯粹理性批判》，不是很明白，看叔本华的书，觉得很好，就迷上了。《红楼梦评论》也“全在叔氏立脚”，但写到后面，就产生了质疑——在第四章中提出了“绝大疑问”。

这倒应了静安先生自己的那句话："人生过处唯存悔，知识增时只益疑。"

对《红楼梦评论》的研究和评价，不知道有多少论文，我就不多嘴了。我对静安先生有着特殊的喜爱——《人间词话》是我少年时代的枕边书。

《红楼梦评论》分为五章，全面阐述了《红楼梦》的意义内涵，赋予了这本书全新的价值，其中最为著名且影响深远的是"第三种悲剧"说：[1]

由叔本华之说，悲剧之中，又有三种之别：第一种之悲剧，由极恶之人，及其所有之能力，以交构之者。第二种，由于盲目的运命者。第三种之悲剧，由于剧中之人物之位置及关系而不得不然者；非必有蛇蝎之人物，与意外之变故也，但由普遍之人物，普通之境遇，逼之不得不如是。

…………

若《红楼梦》，则正第三种之悲剧也。兹就宝玉、黛玉之事言之，贾母爱宝钗之婉嬺，而惩黛玉之孤僻，又信金玉之邪说，而思压宝玉之病；王夫人固亲于薛氏，凤姐以持家之

1 王国维：《红楼梦评论》，岳麓书社，1999年，第3—23页，下文所引皆出自此书。

故，忌黛玉之才，而虞其不便于己也，袭人惩尤二姐、香菱之事，闻黛玉“不是东风压西风，就是西风压东风”之语（第八十一回），惧祸之及，而自同于凤姐，亦自然之势也。宝玉之于黛玉，信誓旦旦，而不能言之于最爱之祖母，则普通之道德使然，况黛玉一女子哉！由此种种原因，而金玉以之合，木石以之离，又岂有蛇蝎之人物，非常之变故，行于其间哉？不过通常之道德，通常之人情，通常之境遇为之而已。由此观之，《红楼梦》者，可谓悲剧中之悲剧也。

《红楼梦》是“悲剧中的悲剧”“彻头彻尾的悲剧”。

虽然《桃花扇》也是悲剧，但与《红楼梦》比：前者的解脱，是作者强加的设定，后者则是人物的内在追求；前者写的是家国，后者写的是人生；前者是政治的，国民的，历史的，后者则是哲学的，宇宙的，文学的。“此《红楼梦》之所以大背于吾国人之精神，而价值亦即存乎此。”

一个与此前完全倒置的价值评价体系产生了——《红楼梦》完胜。

因着这篇文章，宝玉的“玉”，与“欲”，与叔本华的“生命意志”建立了联系；从禅门的“悟”到哲学的“人生之解脱”，这一改变，对于《红楼梦》这部书来说，是一次蜕变——“旧说部”的“茧”裂开，一只“现代的蝴蝶”蠢蠢欲动。

我虽然很爱静安先生，但高中时看《红楼梦评论》，就觉得叔本华跟《红楼梦》不是很搭，只是说不出来由。也许是因为相信了罗素在《西方哲学史》里讲叔本华的那些“段子”，还不喜欢他把人生描述成在匮乏与餍足之间“打秋千”——那真的没什么好活的了。

让别人去死的叔本华，却靠着遗产过了一辈子舒服日子，怕死怕得要命——事先嘱咐别人，哪怕他被放进棺材里了，都先不要盖盖子，说不定还能抢救一下。

静安先生在23年后，自沉昆明湖。

这个别扭存了很多年，后来无意间在《谈艺录》里看到有关《红楼梦评论》的内容，豁然开朗。钱锺书目光如炬，话说得也含蓄婉转——若真的按照叔本华的理论，《红楼梦》该这样写：宝玉娶了黛玉，然后磨成一地鸡毛，互相厌倦憎恶，这才是悲剧中的悲剧。钱先生说，用丰富如海的小说“佳著”《红楼梦》，去例证叔本华的“玄谛”——高度抽象的理论，对双方似乎都不是好事。[1]

不过这丝毫不影响我对王国维的热爱：“先生之学博矣精

---

1 钱锺书:《谈艺术》，中华书局，1987年，第349页。

矣，几若无涯岸可望，辙迹之可寻。”陈寅恪在《静安先生遗书·序》里这么感慨，他归结静安先生一生学术著作，皆“转移一时之风气，而示来者以轨则”，他是关系于民族盛衰、学术兴废的大师巨子。

何其幸哉，现代学术规范从无到有的过程中，《红楼梦》成了王国维的选择之一。

当然，不只王国维做了这样的选择。

2007 年，国学网、百度和人民大学国学院联合发起“我心目中的国学大师”的活动，最后评出了十位：王国维、钱锺书、胡适、鲁迅、梁启超、蔡元培、章太炎、陈寅恪、郭沫若和冯友兰。

我不知道这个评选的代表性有多大——主办方公布的数字是收到了 120 多万张选票，对于“国学”这个摄魂怪一般只知道轮廓、看不清长相的存在，也轻易不敢去招惹。这名单上的诸位早就光芒万丈，并不需要再上给他们的这个“尊号”。我之所以对这个名单感兴趣，是发现进入 20 世纪的《红楼梦》一路前行，竟然与这十位，都或深或浅地有过“交往”。当然，缘分最深的是胡适之，在他和他的朋友们的帮助下，《红楼梦》彻底蜕去了旧壳，进入了现代，《红楼梦》这部书在今天大多数人眼中的形象轮廓，是他们勾勒的。

3

1919年，民国八年，这个旧历的乙未年，闰七月，有384天——也许中国人的确需要多一点时间来理解这个多事之秋，再迎接下一个春天……凡是受过九年义务教育的同学，应该对这个纪年前后的世界都有些概念，第一次世界大战，沙皇俄国成了苏维埃社会主义共和国联盟，巴黎和会，五四运动……

袁世凯“洪宪”称帝的闹剧之后，两年前张勋的辫子军也只在北京城里折腾了12天，不会再有谁蠢到要去动“共和”两个字了吧？溥仪又回到紫禁城里去骑自行车了，孙中山在广州成了军政府的大元帅，北京政府的总统、总理们还在不定时“倒班儿”……

英国皇家天文学会派出的两支考察队，在赶往巴西的索布拉尔和西非的普林西比岛的途中，他们要确保在5月29日之前抵达，因为那天南半球中纬度会出现日全食，他们都是去测量太阳背后光线的偏移角度的。这一天，太阳正处在易于观测的毕宿星团——带队的天文学家爱丁顿认为，错过这次机会，可能要再等上千年。之所以要派出两支队伍，是为了确保万无一失。爱丁顿成功完成了测量任务，经过几个月的数据分析，观测数据与爱因斯坦引力方程预言的太阳引起周围空间弯曲导致光线偏移的数据一致。广义相对论首次获得了实证。

4月30日，实用主义哲学家、教育家和心理学家约翰·杜威和夫人，抵达上海。他的中国弟子胡适与陶行知等人“南北统一起来打个公司合办”，才促成了杜威的中国之行。“南”是江苏教育会、南京高师，“北”则是北京大学，这三家是出钱的人，后来加入邀请的团体增加到五家。

胡适将老师的哲学方法概括为“大胆地假设、小心地求证”，这句话广为流传。杜威在中国逗留了两年零两个月，有人统计他完成的78场讲座题目，是三个相互关联的主题：“现代科学、民主与教育”，在知识界和教育界产生了很大的影响，“德先生”和“赛先生”成为范围越来越广的流行热词。

第二年10月，应湖南教育会的邀请，杜威去了长沙，时值英国哲学家罗素也在中国，两大巨擘受邀同时抵达长沙，陪同前去的还有蔡元培、章太炎等国内重量级学者，华山论剑一般的学术讲座一共举办了40场，内容涉及哲学、教育、社会改造、男女平等诸多问题。

中国有很多杰出的头脑和强有力的心，在巨大的不确定性中为自己的民族寻找着出路——我们需要道理，道理带来方法，方法指引道路。

不同的道理——有时候我们名之为“主义”——带来了不同的方法，不同的方法指引出了不同的道路。

在这样的历史语境中，这部作者写来让人“消愁破闷”“喷饭供酒”“把此一玩”的闲书，被中国最有生命力的文化力量选中，成为言说意义的对象。

这就是新文化运动的健将们。

当然，健将们对《红楼梦》也有点儿看不上。

迁往北京的《新青年》，1917 年第 2 卷第 5 期年发表了胡适的《文学改良刍议》，当时胡适还在哥伦比亚大学跟着杜威学习，下半年发表陈独秀作为呼应的《文学革命论》，“文学革命”的大旗举起来了。

第二年，《狂人日记》发表。鲁迅说，他是听命地做起小说来的，那些革命健将们太寂寞了。

寂寞到自导自演“唱双簧”——他们要打倒“孔家店”，人家不搭理这些说话偏激的后生小子们，那就自己找人穿上孔家老店的“马甲”，来《新青年》“踢馆”，希望博些关注。

扮演“踢馆人”的，正是夹着大皮夹去找鲁迅、因为怕狗心怦怦跳的钱玄同，他是《新青年》的编委，要鲁迅“呐喊”起来，于是有了那个著名的“铁屋子”比喻。他就不怎么看得上这部书：

弟以为旧小说中之有价值者不过施耐庵之《水浒》，曹雪芹之《红楼梦》，吴敬梓之《儒林外史》三书耳。

我以为不但《金瓶梅》流弊甚大，就是《红楼》《水浒》，亦非青年所宜读。吾见青年读了《红楼》《水浒》，不知其一为实写腐败之家庭，一为实写凶暴之政府，而乃自命为宝玉、武松，因此专务狎邪以为情，专务“拆梢”以为勇者甚多。[1]

这是他发在《新青年》上的《致陈独秀信》中的话。五四运动学生领袖傅斯年看法与之类似，他在《白话与文学心理的改革》一文中这样说：

我们固不能说《红楼梦》《水浒》不是文学，然亦不能成其为真有价值的文学，固不能不承认《红楼梦》《水浒》的艺术，然亦断断乎不能不否认他们的主旨。艺术而外无可取，

---

1 钱玄同：《致陈独秀信》，1917 年《新青年》第三卷第一号，引自严家炎编《二十世纪中国小说理论资料》第二卷，北京大学出版社，1997 年版，第 23 页。

就是我们应当排斥的文学。[1]

他们想要"白话文学""平民文学""人的文学"——鲁迅的稿子交过来也是明年的事儿了，现在怎么办呢？他们在《新青年》上讨论《红楼》《水浒》，并不是，至少主要目的不是为了评价这些"旧说部"，两手空空的健将们，只能如此。

那位和钱先生同台演双簧的刘半农，就在同一期的《新青年》上发了一篇《诗与小说精神之革新》，文中他说：

如吾国曹雪芹、李伯元、吴趼人，英国之狄铿士、萨克雷、吉柏林、史梯文生，法国之龚枯尔兄弟、莫泊三，美国之欧亨利与马克吐温，其心思之细密，观察力之周至，直能将此世界此社会表面里面所具大小精粗一切事物，悉数吸至笔端，而造一人类的缩影。[2]

---

1 傅斯年:《白话与文学心理的改革》，胡适编《中国新文学大系·建设理论集》，引自闵虹编《百年红学》，文学艺术出版社，2007年，第226页。

2 刘半农:《诗与小说精神上之革新》,《新青年》1917年第三卷，引自严家炎编《二十世纪中国小说理论资料》(第二卷)，北京大学出版社，1997年，第27—28页。

把曹雪芹与狄更斯、莫泊桑、马克·吐温等欧美小说家相提并论，因为作品“像”。健将们心中的范本是在19世纪取得了辉煌成就的欧美现实主义小说，可几个国人知道这些洋人？他们也只能拿更为人熟知的旧说部来衡量新文学的进深宽窄，大致模样。

虽然被挑剔嫌弃，好歹被容留了。这些最初在寂寞中奔驰的猛士们，很快将占领中国的文化场域，在他们掀起的毫不留情地扫荡旧文学的革命风雨中，《红楼梦》存活了下来。

4

1917年的讨论，胡适不在国内，但意见却在《新青年》现场。他答的是钱玄同，意见接近刘半农，认为“吾国第一流的小说”，古人的是“《水浒》《西游》《儒林外史》《红楼梦》”四部，今人是李伯元、吴趼人。

蔡元培对胡适这个年未而立的小老弟推重到了“宠溺”的地步，胡适归国，就被他请到北京大学任教，1919年胡适白话体的《中国哲学史大纲》的序言也是元培先生写的。

胡适提出“中国文艺复兴”的三大任务是整理国故、研究问题和输入学理，目的则是要“再造文明”。不知道当时这话听起来如何，反正胡适拥有了万千青年的拥趸。

整理国故，就是“把3000年来支离破碎的古学，用科学方法做一番系统的整理”。《中国哲学史大纲》是其一，他还陆续出了《白话文学史》（上卷）以及关于《诗经》《楚辞》《老子》《墨子》《淮南子》的研究文章。只是按照新文学重新厘定的价值标准，这些原本居于中心的典籍，该挪挪位置了，舞台中心要让给那些角落里甚至门外边的“说部”了。

只是“不厌其烦地指出这些小说的文学价值”，太没有效率，胡适要给它们“加封”：“我建议我们推崇这些名著的方式，就是对它们做一种合乎科学的方法的批判和研究……这种工作是给予这些小说名著现代学术荣誉的方式。认定它们也是一项学术研究的主题，与传统的经学、史学平起平坐。”[1]

另外一个目的，则是通过具体的考证，“阐明和传播由证据出发的思想方法”。胡适考证的小说不止《红楼梦》，只是那些名著似乎没有《红楼梦》天然的戏剧性基因，1921年3月27日他完成的《红楼梦考证》，不仅成了第一幕的高潮，也为越发紧张的第二幕埋下了伏笔。

胡适从“著者”和“本子”两个维度对《红楼梦》做了

1 胡适：《新思潮的意义》，见《胡适文存》卷四，上海亚东图书馆，1921年，第265页。

考证——有一分证据说一分话。《红楼梦考证》有初稿和改定稿两个版本，综合起来的胡适的考证成果是：确认了曹雪芹的作者身份及其与曹寅的关系，推演了作者的生卒年以及著书时间，命名了程甲本和程乙本，推论高鹗为后四十回的续作者，认为这是作者的“自叙传”，老老实实写出了“坐吃山空”“树倒猢狲散”的自然趋势的“自然主义杰作”。[1]

《红楼梦考证》还重点批驳了历来走错路的索隐一派，首当其冲的就是蔡元培的《红楼梦索隐》。虽然被胡适骂是“猜笨谜”，元培先生也温文地写了辩驳的文章，两人却丝毫没有因此生出嫌隙，就连胡适苦求不得作为重要证据的《四松堂集》，蔡元培从朋友那里好不容易找到，也借来赶着送给他看。

《红楼梦考证》初稿完成后，当即刊载在1921年5月由上海亚东图书馆出版的新版《红楼梦》的卷首。新版由汪原放点校整理，参照现代出版的书籍版式，采用西式标点，这就是《红楼梦》传播史上影响深远的亚东本。

1921年底，胡适根据新出现的证据，修订了初稿。1922年以后亚东本《红楼梦》再版、重排，卷首用的都是《红楼梦考证》的改定版了。

1 胡适：《红楼梦考证》，岳麓书社，1999年，第69—134页。

改定版增加了一段比较重要的话，就是肯定了“高鹗补的后四十回”有“不可埋没的好处”。不仅钦佩，还要感谢，“因为他这部悲剧的补本，靠着那个‘鼓担’的神话，居然打倒了后来无数团圆的《红楼梦》，居然替中国文学保存了一部有悲剧下场的小说”。

亚东本校勘严谨，印刷质量良好，尤其是对现代版式和标点的采用，卷首还有胡适之郑重而新颖的科学考证，使得读者在阅读接受上，乃至在作品内容的呈现效果上，跨越了“古代”与“现代”的藩篱。

至此时，《红楼梦》这部书破茧成蝶，翩翩然飞进了现代中国。

打开 20 世纪 20 年代的报纸，可以看见这样的话：“自从白话文兴盛以来，《红楼梦》一跃成了文坛上的上客。”[1]

据北京高等师范学院 1922 年以答卷形式向近千人所做的一次“民意调查”，及 1923 年孙伏园主编的《京报副刊》所进行的一次名为“青年爱读书”的社会调查，《红楼梦》均名列榜首，成为当时青年最喜爱的读物。

安徽芜湖，一个读中学的少年，买到了亚东图书馆新出

---

1 哀梨：《红学之点滴》，《世界日报》1927 年 9 月 3 日，引自吕启祥、林东海主编《红楼梦研究稀见资料汇编》，人民文学出版社 2001 年版，第 184 页。

的带标点的《红楼梦》——这显然不是他此前在家里看过的石印本《金玉缘》了。它看起来如此现代，如此与众不同，书边空白，排版的字体，行距，标点，都充满了新鲜感与美感……他“多次反复地读”。后来回忆起来，这部书对于他“学习白话文、认识社会乃至后来成为作家，起了很大作用”。

这位少年，名叫吴组缃。

1980 年中国红楼梦学会成立的时候，他被推举为会长。

5

胡适，正式定义了“红”字后面的“学”。

胡适考证过程中，帮助他寻找文献资料、共同讨论的还有两个学生俞平伯和顾颉刚。1922 年，俞平伯完成了《红楼梦辨》，他与顾颉刚关于《红楼梦》的通信，构成了其中的重要部分。“新红学”一词，就是顾颉刚在给《红楼梦辨》写的序言中提出来的。

不只学人，天下人待《红楼梦》，也自此不同。

《红楼梦》与胡适，兰因前种，故事还在继续。

1927 年 5 月，经历了十个月国外旅行的胡适回到上海，一封寄自上海马霍路德福里 390 号的信送进了他家的邮箱，信里写道：

兹启者，敝处有旧藏原抄《脂砚斋批红楼》，唯祇存十六回，计四大本。因闻先生最喜《红楼梦》，为此函询，如合尊意，祈示之，当将原书送阅。手此。

即请适之先生道安

胡星垣拜启

五月二十二日

胡适对这封陌生人的来信不以为意，他当时认为，凡是带批的《红楼梦》必然是比较晚后出现的本子。

五六年前，胡适考证《红楼梦》时，研究了当时所能搜集到的各种《红楼梦》版本，他发现除了一部有正书局石印本，也就是带有戚蓼生序的八十回的版本之外，其他市面上出现的各种版本的《红楼梦》，其底本都源自"乾隆末年程伟元的百二十回全本"，他称之为'程本'"。

程本有两种，一种是程伟元和高鹗于乾隆五十六年（1791 年）整理的一百二十回活字排本，胡适命名为"程甲本"。这是流传最广的版本，当时市面所见各种印本大多以程甲本为底本。亚东本的初排本所使用的双清仙馆刻本，就属于程甲本系统。乾隆五十七年（1792年）春天排印的被他命名为程乙本，胡适自己收藏的那部萃文书屋活字本，就是程乙本。

胡适对“程乙本”的评价较高，认为“程甲本”造成了各本的矛盾错误，“这是《红楼梦》版本史上最不幸的一件事”。但他认为“有总评、夹评、评赞、题诗，将评语抄入正文（第二回）”的戚本，大概是“乾隆时无数展传传抄本之中幸而保存下来的一种”，绝非有正书局老板标榜的那样是“原本《红楼梦》”，只是具有一定的参校价值。

那位素未谋面的胡星垣在信里提到的十六回残本，胡适也就想当然地视其为“无数展传传抄本”中的又一种。那个陌生的“脂砚斋”，胡适以为必然也是妙复轩、双清仙馆、桐花凤阁之类的名号。胡适本来就认为“向来研究这部书的人都走错了道路”，陈旧的评点与无聊的索隐一样不值得重视，也就没在意。

胡星垣没有等来胡适之先生的回信，却在报纸上看到了胡适和徐志摩、梁实秋、丁西林等人在上海恢复“新月社”以及开办新月书店的新闻及广告，胡适被推举为董事长。胡星垣心存一丝执念，把书送到了刚开张的新月书店，拜托书店转交给胡适。

胡适1927年8月写信给钱玄同，重金买下“海内最古的《石头记》抄本”带来的欢喜兴奋在信纸上雀跃，“近日收到一部乾隆甲戌抄本的脂砚斋重评《石头记》，只剩十六回，却是奇遇！批者为曹雪芹本家，与雪芹是好朋友……有许多可贵的资料，可以证明我与平伯、颉刚的主张。此为近来一大喜事，故远道奉告”。

他们当时的主张，就是《红楼梦》为作者的自叙传——现在老天派了个曹雪芹的挚友亲朋，白纸黑字地为他们做证，这不是奇遇是什么？

1928年2月，胡适《考证〈红楼梦〉的新材料》在《新月》杂志上发表，他第一次提出了“脂本”的概念，首次以抄本上所标干支纪年命名此系统的《红楼梦》版本——这就是鼎鼎大名的“甲戌本”。

脂本现世，引发的最为重要的后果，是《红楼梦》这部书自此“断为两截”——前八十回与后四十回。“真本”与“伪本”之争，自此愈演愈烈。

虽然此前也有裕瑞这样的“原教旨主义者”，但毕竟是个别人，绝大多数人认为程伟元与高鹗，只是干了编辑和出版人的活儿。特别是索隐一派，历来认为全书一体——本来猜谜就不容易，要是谜面还是两个人写的，就更没法儿猜了。

一般读者眼里的《红楼梦》，就是程高本给出的《红楼梦》。痛心黛死钗嫁，为潇湘馆里焚后飘飞的诗稿纸灰儿、白茫茫雪地上贾政眼中远去的大红斗篷，洒了 100 多年的眼泪，你这会儿告诉他们哭错了？

这个“错”，纠得纠不得，这个“真”，认得认不得，我说了不算——似乎谁说了也不算。除非有一摞曹雪芹写完的稿子奇迹般地降临人世——至今快 100 年过去了，就连胡适那般的“奇遇”都没有再出现过。大家不过顺着“脂砚斋”这个线索，在这个地球上苦苦搜寻，慢慢找到、辨识可信的，也不过十余种残卷而已——情节依旧在前八十回的范围之内。

《红楼梦》自此之后，正式有了门以其为名的学问——红学。

《红楼梦》与红学，百年姻缘，一言难尽。若这部书能言，说不得也会幽幽地丢出一句“兰因絮果”。这倒颇似钱锺书先生在《谈艺录·补遗》中拟想的那种叔本华式的悲剧：“若佳偶始者或以怨偶终；遥闻声而相思相慕，习进前而渐疏渐厌，花红初无几日，月满不得连宵，好事徒成虚话，含饴还同嚼蜡。”[1]

---

1 钱锺书：《谈艺录》，中华书局，1984 年，第 249 页。

6

“大家的朋友”胡适之很有影响力，有追随他继续考证的，也有就着他的考证说一说的。不只《红楼梦》翻红成了新文坛的“上客”，就连一二十年前王静安先生的旧文，也有人开始写文章进行呼应了。

胡适费心费力，所图者大，有借考证小说重塑学术、再造文明的愿景。

鲁迅论《红楼梦》的目的，就单纯多了。

鲁迅先生为这部书留下的只言片语，后来都被人拿来嚼了不知多少遍，还频频出现在中学各科考题之中——不只语文，还有政治，经过轮番榨汁般地意义汲取之后，都不知道原来这话是什么味道了。

他在《中国小说史略》中说这本书“正因写实，转而新鲜”，倒也可以拿来送给他自己。鲁迅对《红楼梦》的评价，既是学养深厚的研究者的分析，也是一个有着过硬作品、深谙小说创作内里乾坤的文学大家的洞见。他目的单纯，要去教书，先得写教案——论《红楼梦》是讲义章节，不过是论清代人情小说的一种而已。《中国小说史略》先是油印了发给学生的，后来才印刷出版。讲给学生听，自然要做持中之论，反而经得起撕扯，至今看来也没什么大的破绽。

鲁迅关于《红楼梦》还有段著名的话：

> 《红楼梦》，是中国许多人所知道，至少，是知道这名目的书。谁是作者和续者姑且勿论，单是命意，就因读者的眼光而有种种：经学家看见《易》，道学家看见淫，才子看见缠绵，革命家看见排满，流言家看见宫闱秘事……在我的眼下的宝玉，却看见他看见许多死亡；证成多所爱者，当大苦恼，因为世上，不幸人多。唯憎人者，幸灾乐祸，于一生中，得小欢喜，少有挂碍。然而憎人却不过是爱人者的败亡的逃路，与宝玉之终于出家，同一小器。但在作《红楼梦》时的思想，大约也只能如此；即使出于续作，想来未必与作者本意大相悬殊。唯被了大红猩猩毡斗篷来拜他的父亲，却令人觉得诧异。[1]

这段话出自《〈绛洞花主〉小引》，是鲁迅为厦门大学陈梦韶的话剧剧本《绛洞花主》写的引言。鲁迅研究加上《红楼梦》研究，这话也早被榨过各种“汁”了，宝玉小时候的

1 鲁迅：《〈绛洞花主〉小引》，《鲁迅全集》第八卷《集外集拾遗补编》，人民文学出版社，2005 年。

这个绰号到底是“花主”还是“花王”，都可以写好多篇发在核心期刊上的文章，也算是先生与此书荫庇后人的功德。

我关心的重点在“话剧”二字。《红楼梦》早有了传奇，有了鼓词，1924 年京剧舞台上，梅兰芳在葬花——到了 1927 年，《红楼梦》与来自海外的“文明戏”话剧看上去也蛮搭了。

作为抄本的《红楼梦》，就漂洋过海去了别国，因此我们后来会在国外发现脂本。19 世纪之后，很多在华的外国人拿这本书来学习汉语。《红楼梦》的刊印本跟随那些来到中国又离开中国的人，去往了世界各个地方。俄国人也好，德国人也罢，眼里不过是“用美丽的象形文字写出的具有神秘东方色彩的中国小说”，并没有真的进入他们的阅读。但同处儒家文化圈的日韩与“外人”不同，汉语历史上是他们的官方语言，他们的读书人和中国人同时在读这部书。

鲁迅《中国小说史略》被指“抄袭”，鲁迅愤愤不已，他在初刊《语丝》第 65 期（1926 年 2 月 8 日）、后收入《华盖集续编》的《不是信》中，为自己做了如下辩解：“盐谷氏的书，确是我的参考书之一，我的《小说史略》二十八篇的第二篇，是根据它的，还有论《红楼梦》的几点和一张《贾氏系图》，也是根据它的，但不过是大意，次序和意见就很不同。”

“盐谷氏的书”，指的是东京大学汉学家盐谷温的《支那文学概论讲话》。受了委屈的鲁迅先生，自有他“独立的准备”与“不同甚至相反的见解”。提起这段公案，是因为这一斑，足以说明，在20世纪上半叶，新的学术范式确立之后的共同体成员，不约而同地为《红楼梦》这部书提供了各种稳定的意义“栖枝”。

有枝可栖，有巨大的社会空间可以飞舞，《红楼梦》这部书在进入现代的中国之后，存活得越发好了。

对这部书关爱有加的还有两位先生，那就是吴宓和陈寅恪。两位著述丰富，论及《红楼梦》，自别有洞见。

早年读过吴宓先生的一些逸事，说吴先生因为昆明一家面馆的字号叫作“潇湘馆”，认为唐突了林妹妹，怒而砸店。另外一则是著名的“杀胡适”——《学衡》与《新青年》是打对台的，一次聚会上两人相遇，胡适开玩笑问他：“学衡派最近又有何阴谋？”吴宓回答：“杀胡适。”

杀倒未必杀，打还是要打的。他就《红楼梦》说的话，也是指着胡适鼻子说的：“吾不能考证，但亦不畏考证。”不怕，也不信——吴先生认定《红楼梦》是曹雪芹一个人写的，程高就是编辑。他更相信自己的感觉。[1]

1919 年，吴宓先生在哈佛大学中国留学生的学术聚会上做题为《红楼梦新谈》的演讲，当时同在哈佛的陈寅恪先生作《红楼梦新谈题辞》送他："等是阎浮梦里身，梦中谈梦倍酸辛。青天碧海能留命，赤县黄车更有人。"[2]

陈先生原诗有注，虞初号黄车使者。西汉的虞初，是中国得到确认的最早的小说家，后人甚至以"虞初"两个字直接代指"小说"。吴宓笑说陈寅恪是鼓励他做小说家，他倒也真有写小说的想法。

吴先生的小说，终究并未写出来，自己的人生倒活成了一部充满张力但结局凄惨的小说，让人唏嘘。

接下去的这个世纪，现代中国的"黄车使者"的确"更有人"，但他们埋头写自己的小说的时候，不用抬头，也能感觉到那座越升越高的"红楼"投下的影子……

---

1 吴宓：《石头记评赞》，引自吕启祥、林东海主编《红楼梦研究稀见资料汇编》下册，人民文学出版社，2001 年，第 856—857 页。

2 同上书，第 847 页。

第五章　进入现代之云生足下

1

《五灯会元》卷十二，有客问石霜楚圆慈明禅师："步步登高如何？"师曰："云生足下。"

《红楼梦》这部书，在20世纪接下去的时间里，开始步步登高。

1934年，民国二十三年，被冯玉祥赶出紫禁城，又被日本人哄到东北的溥仪，做了伪满洲帝国的"康德皇帝"；东北三年前被日本人占了，因为"改旗易帜"成就了国民党北伐统一全国的张学良，退到了关内；那位认为"攘外必先安内"的蒋委员长，一直在围剿中央苏区；这一年10月，中国工农红军开始长征……不帮着大家复习现代史了，谁都知道，接下去要发生的什么。

进入现代的中国，此时并没有集中且强大的权力中心，面对割据地方的军阀，蒋委员长对这个国家的实际控制能力，甚至比不上那位慈禧老佛爷。战乱成了中国人的日常，但人之为人，饭还是要吃，话还是要说——1934 年，后来被标志为“小品文杂志年”。

数量众多的以发表小品文为主的杂志纷纷出现，后来很多人拟想的又雅又潮的“民国风”，有相当的比例，来自这些文字。这些文字，足以证明从《红楼》《水浒》这样“深刻而流丽的白话”里长出来的现代汉语，也可以像文言一样优美典雅，洗练精准。

至于小说，此时已经有了巴金的《家》和茅盾的《子夜》。然而更为大众熟知的小说家应该是写了《金粉世家》和《啼笑因缘》的张恨水，张恨水却从前两年开始，不写风月改写抗战了，他这一年离开北平去了西北。这一年，沈从文写完了《边城》……

脱离了草创时期的中国现代文学，在战乱与动荡中蓬蓬勃勃地生长了起来。“新桃”来了，很多“旧符”都被替换掉了，《红楼梦》的命运又该如何呢？

这部书迎来的似乎不是替代者，而是“继承人”。

"民国《红楼梦》"，成了称誉。有人这样说《金粉世家》，张恨水是高兴的。4年之后，林语堂用英文写的《京华烟云》也将被人这样看，林先生也不避讳，直言他本来是想将《红楼梦》翻成英文，觉得很困难，还不如写一篇英文小说。他在《我的长篇小说》一文中"招供"："木兰似湘云，（而加入陈芸之素雅），莫愁似宝钗，红玉似黛玉，桂姐似凤姐而无凤姐之贪辣，迪人似薛蟠，珊瑚似李纨，宝芬似宝琴，雪蕊似鸳鸯，紫薇似紫鹃，暗香似香菱，喜儿似傻大姐，李姨妈似赵姨娘，阿非则远胜宝玉……"[1]

唯有巴金先生的《家》被人这么说的时候，他似乎有些不乐意。他在20世纪30年代就明确否认过，当时就有人觉得他说的"时代不同"是在"撇清"：抓着"觉民、觉慧"两个叛逆青年，说"这是《红楼梦》里没有的呀"。

后来有研究者扒着两本书做比对：《家》第21章觉新与梅芬之间的互诉衷肠也不免让人想到《红楼梦》第23回的"宝黛互诉"；《家》第24章瑞珏与梅芬彼此交心颇类似于《红楼梦》第45回的"金兰契互剖金兰语"；《家》第26章"鸣凤抗婚"一幕明显带有《红楼梦》第46回"鸳鸯女誓绝

1 林语堂：《我的长篇小说》，引自钱理群编《二十世纪中国小说理论资料》（第四卷），北京大学出版社，1997年，第58页。

鸳鸯偶”的影子；《家》第29章觉慧在花园里发现倩儿为鸣凤、婉儿烧纸钱更是明显有着《红楼梦》第58回“杏子阴假凤泣虚凰”的影子；等等。

这种方法好像在化验文本“DNA”，足以证实任何一部现代小说里的“红楼血统”——不管作者承不承认，客观事实更有说服力。

更何况翻开《巴金全集》，在《家庭的环境》一文中，他描述了《红楼梦》自幼就融入了他的日常生活。就在《家》这本书里，收有他自己的一篇文章《关于〈家〉》，他在谈到小说中一个人物琴的时候说：“到后来，一个类似惜春那样的结局，就像一个狭的笼似的把她永远关在里面了。”

利用文本事实，辅以作家的传记性资料，似乎很客观，其实很主观——主观到抓着石缝间的藤蔓做证据，却忽略了山一样差别巨大的事实。

巴金先生所谓“时代不同”，不是做姿态撇清，是实话实说——他很清楚对于自己的小说创作更为本质的决定性力量是什么，他很清楚自己写的东西是什么——那是新物种，和《红楼梦》完全不同。

小说是话语组成的场域，掌控小说的决定性的力量是作者的话语选择。

《家》是“五四”启蒙话语嘹亮高亢、悲愤却不失乐观的独唱，《红楼梦》则是低沉含混、意义繁复的众生絮语。与这一本质力量相比，《家》与《红楼梦》那些人物和细节上的相似性变得无足轻重，甚至几乎可以忽略不计。

举一个比《家》更为显豁的例子，来说明这种“化验DNA”的方法有多么“不科学”。《红旗谱》是革命话语叙事。但在《红旗谱》43章中，写冯登龙去严家见严萍：

登龙转着脖子看不见严萍，睁开大眼睛问：“萍妹子呢？”

严萍妈妈说：“在东屋里，去吧，去看看她。”

严萍听登龙走过来，翻了个身，脸朝着墙把手搭在眼上装起酣睡。冯登龙不管不顾地坐在床沿上伸手去扳严萍的手。

严萍机灵地躲开说：“年岁大了还这么着，谁习惯？”她伸起胳膊打了个哈欠，翻身坐起来说：“坐到椅子上去。”[1]

这两人本是青梅竹马，只是长大后的严萍有了别的心事，喜欢上了在“反割头税”大会演讲的江涛，要拉开和登龙的距离。梁斌笔下的严萍虽然向往革命，但毕竟是个闺中少女，冯登龙也是个“瘦死的骆驼比马大”的破落地主家少爷，这

1 梁斌：《红旗谱》，人民文学出版社，2009年，第428页。

番小儿女姿态的描摹蓝本，前半截是“宝玉探宝钗”，后半截是“静日玉生香”，就连那位严妈妈的口角都活像薛姨妈。

如果这能说明《红旗谱》与《红楼梦》之间的血缘关系，那么我们也可以说，现在我们每天吃的鸡，就是还活着的恐龙。

古生物学家从霸王龙的骨头化石上提取到了一些蛋白，与现代禽类的DNA对比，发现非常相像——事实上，古生物学家真的在利用逆向基因技术实施“恐龙鸡”计划。但我们在如此微观的层面上逆推现当代小说的“红楼血统”，构成的是双重遮蔽——尤其是对《红楼梦》的遮蔽。

即便如此，我也不忍苛责这样做的研究者，他们只是想反复论证和确认《红楼梦》这部书的价值。再说，他们所隶属的学术范式建立的“初场景”，就是很多大名鼎鼎的“庖丁”，在里面完美肢解着《红楼梦》这头“大牛”，看它“如土委地”，为之踌躇满志，善刀而藏的姿态，忍不住要见贤思齐。

《红楼梦》进入现代之后的生存故事，情节发展越来越吊诡了。

2

回到1934年，德意志第三帝国的那位元首，让整个欧洲都感到了不安。德法边境的马奇诺防线在加紧修建。巴黎，罗德斯丹图书公司出版了一位年轻的中国留学生的博士论文——用法文写成的《红楼梦研究》。

这位27岁的年轻人名叫李辰冬，故乡在河南济源，这一年，他凭借着这篇研究《红楼梦》的论文，获得了巴黎大学的文学博士学位。

他也在同一年，回到了中国。他将自己的博士论文翻译、改写成了系列文章，陆续在国内的杂志上发表，最后整理成为书稿。李辰冬在初版及后来在台湾再版该书的自序中，都提到“第一次读初稿的人”是冯友兰，若没有这位河南同乡的“指示，此书不会有现在的面目”。[1]

《红楼梦研究》在重庆正中书局出版的时候，是抗日战争进行到最为艰难时期的1942年。李辰冬选择《红楼梦》作为自己的论文选题，也跟日本侵华有关。当时东北丢了，远在巴黎的李辰冬感到“耻辱和苦闷”，他觉得这样既是对自己

---

1 李辰冬:《红楼梦研究·初版自序》，见《李辰冬古典小说研究论集》，中华书局，2006年，第159页。下文所涉及《红楼梦研究》内容，皆引自该书。

的心灵安慰，也想在外国人面前表明“我们也有与你们同样伟大的作品”。

李辰冬的专业是“比较文学与文学批评”，他后来在文章里说，《红楼梦研究》受了泰纳的《巴尔扎克论》的影响。他还翻译了这位法国著名文学批评家的这篇文章在中国出版。

李辰冬提到的泰纳，就是《艺术哲学》的作者，是19世纪在欧洲产生过广泛影响的艺术史学家和美学家。我高中时买的那本绿色封皮的《艺术哲学》，他的名字被翻译为丹纳。当时也实在是没看过什么理论书，读那本书的印象至今还记得，仿佛走进了热带雨林，满眼繁茂奇异的植物、艳丽的蝴蝶和鸟……

我不知道李辰冬遇到泰纳时的感觉如何，但他到巴黎后，刚刚能读法文书的时候，《巴尔扎克论》是引起他的注意和兴趣的第一篇论文。在《艺术哲学》中，这位泰纳认为可以放在莎士比亚身边的一位近代或现代作家，就是巴尔扎克。他认为巴尔扎克的作品“形成了人类社会的百科全书”。

李辰冬的论文，是要解释《红楼梦》在世界文学中的地位，要在世界文学史上将曹雪芹的《红楼梦》与但丁的《神曲》、莎士比亚的悲剧、塞万提斯的《堂吉诃德》、歌德的《浮士德》、巴尔扎克的《人间喜剧》、托尔斯泰的《战争与和平》

并列。

他不仅批评了历来的影射附会的“索隐”，也批评了后来的“考证”，他从作者与他的时代、作品人物、文化精神以及叙事艺术几个方面对比分析，认为《红楼梦》在小说艺术上取得的成就，要优于《人间喜剧》和《战争与和平》等西方名著。但丁与歌德是主观派的最高代表，而作为世界文学中客观主义作家的最伟大的代表者，能和曹雪芹并立的，只有莎士比亚了。

十几年前，吴宓先生对《红楼梦》也有过相同思路的判断——不过他使用的是英国小说理论，比对的是菲尔丁的《汤姆·琼斯》和萨克雷的《纽卡姆一家》。他在《石头记评赞》中说：“《石头记》为一史诗式小说，描写人生全部，包罗万象，唯其主题为爱情。”在《红楼梦新谈》中，吴先生用的是亚里士多德《诗论》——现在好像大多译成《诗学》了，认为宝玉是合格的“悲剧主人公”，“《石头记》人生观”具有亚里士多德所说的“庄严性”。[1]

吴宓和李辰冬都反对胡适等考证一派的“自叙传”说。自叙传，在现代小说理论搭建出来的价值评判坐标系中，位

---

1 吴宓观点引文出自《石头记评赞》《红楼梦新谈》，皆见于吕启祥、林东海主编《红楼梦研究稀见资料汇编》（下），人民文学出版社，2001年。

阶要比艺术的创造低很多。他们都认为这是对这部伟大作品的误读、误判，严重低估了《红楼梦》的艺术成就。他们比照不同的西方现代小说理论，条分缕析地列陈曹雪芹卓越的叙事艺术。真的如同吴宓所言，越看西方那些小说，越会看重《红楼梦》。

“史诗”“百科全书”这些语汇，开始和《红楼梦》有关。

如果胡适给予《红楼梦》现代学术荣誉，可以视为一种“加封”的话，显然此刻有人对“封号”和“位份”都表示不满了，他们认为需要的是“加冕”。

真正的“加冕”仪式还要等些年头，但此时的《红楼梦》，头上虽无冠冕，却隐隐已有了不可轻易冒犯的王者之气了。

不然茅盾先生做节本《红楼梦》时，也不会再三解释，甚至用了颇为谦逊的“唐突”两字。

当初金圣叹剁了《西厢记》的“狗尾”，不仅不觉唐突，剁完了还指着剁掉的第五出骂写得如此低级——“真为恶札”，腰斩《水浒》，更没丝毫地惶恐。即便到了“五四”时期，也不止一人认为《红楼梦》需要处理后才适合阅读。

亚东本《红楼梦》初版时，除了胡适之的《红楼梦考证》，还有一篇陈独秀写的序言。他认为还是叫《石头记》

好一些，他本来就认为《石头记》有些“琐碎可厌”的地方，早在1917年3月，他发在《新青年》上的《答钱玄同〈文学改良〉》中，借章太炎之口，对《红楼梦》做了部分肯定：“章太炎先生，亦薄视小说者也，然亦称《红楼梦》善写人情。夫善写人情，岂非文字之大本领乎？”

到了受汪原放请托写新序的时候，陈独秀更加阐发了这一点，认为应该找个写小说的高手把《红楼梦》那些讨厌的地方都删掉，只留下“善写人情”的部分。

13年后，茅盾先生叙订完成了节本《红楼梦》。

3

李辰冬在巴黎答辩论文，就曹雪芹为何比肩莎士比亚侃侃而谈的时候，在“东方巴黎”上海，茅盾受开明书店老板的请托，开始删节《红楼梦》了。

那是1934年的春天，“左翼作家联盟”大旗招展，茅盾是核心成员，文学活动繁忙，有杂志要办，有外国书要翻译出版，还要跟“新月派”笔战，茅盾自己的创作也处在高峰期，《子夜》之后，写了《春蚕》《秋收》《残冬》《林家铺子》等小说，还有一系列的作家论和理论文章，随笔杂文更多，著名的《中国新文学大系·小说一集》选编完成并出版。

百忙之中，茅盾先生还是决定“唐突”一下《红楼梦》。

这不仅让人好奇，为什么？

在《节本红楼梦导言》（简称《导言》）中，茅盾先生先把陈独秀的话挡在了前面：[1]

陈独秀先生曾说：“我尝以为如有名手将《石头记》琐屑的故事尽量删削，单留下善写人情的部分，可以算中国近代语的文学作品中代表著作。”（见亚东版《红楼梦》陈序。）在下何敢僭称“名手”，但对于陈先生这个提议，却感到兴味，不免大着胆子，唐突那《红楼梦》一遭儿。

除了自己的兴趣，茅盾接着在《导言》中还解释做这个节本的目的：

研究《红楼梦》的人很可以去读原书，但是中学生诸君倘使想从《红楼梦》学一点文学的技巧，则此部节本虽然未

1 茅盾：《节本红楼梦导言》，引自吕启祥、林东海主编《红楼梦研究稀见资料汇编》，人民文学出版社，2001年，第628—629页。以下《导言》相关所引内容皆出自该书。

能尽善，或许还有点用处。

这个节本，也许该被算作第一部青少版《红楼梦》。

请托茅盾先生做此事的是开明书店老板张锡琛。张老板和沈先生是老乡，颇有些交情。而开明书店，当时因为出了一些优质的青少读物而为人称道。特别是1932年推出的初等小学国语课本，叶圣陶撰文，丰子恺绘图，受到了当时教育界人士的普遍赞誉。八九十年后，移动互联时代的那些新媒体，还为发现了“民国课本有多惊艳”而大惊小怪了一番。他们曝出来的那些课本的照片，就是开明书店出的，绘图好看煞人，内容活泼有趣还不失文学性：“萤火虫，点灯笼。飞到西，飞到东。飞到小河边，小鱼在做梦。飞到树林里，小鸟睡得浓……”

出版界的金科玉律，第一好卖的就是教材与教辅，再有就是名著。20世纪30年代的上海出版业，也不例外。节本《红楼梦》算是兼二者之长了。邀请名家担纲，向青少年普及文学经典，传授写作技巧，显然是张老板在既往成功经验之上的新尝试。

茅盾自然是名家，而且他精熟《红楼梦》到可以背诵，张锡琛也是知道的。据曾在开明书店工作多年的钱君匋在他的《书衣集》中撰文回忆：早年郑振铎不信张锡琛对他说的，茅盾可以背诵《红楼梦》，张锡琛就安排酒局，当众打赌，郑振铎点出回目，茅盾滔滔不绝地背诵而出，大致不错，众人皆惊讶且钦佩。

这部节本《红楼梦》出版后的销量如何，我没有具体考证过，想必是不错，因为不断得到再版。到了20世纪五六十年代，香港学林书店还在出，缠枝花卉图案做底纹，上面有一绣像仕女图，标明是开明书店的初版，"红楼梦"三字下面还有"茅盾叙订"四字。书脊上书名之上有"洁本"两个小字。旧书网上品相完好的一套，标价860元人民币（可议价），想必存世量相当大，并不是很贵，1948年的亚东本标价标到了3000元。至于20世纪80年代北京宝文堂重印的，50块钱。大陆各家出版社也在不断重印，旧书新书都有，簇新的是2019年出的，配着孙温的画，定价239元。

开明书店初版的时候，就把茅盾先生的"节本"，在封皮上弄成了"洁本"。后来再版，大部分出版商也没改的意思。"洁本"是种暗示，如同"少儿不宜"是暗示一样。我只看到2013年华夏出版社倒是放弃了这种挤眉弄眼的暗示，老老实实写了"节编本""茅盾节编"。而2019年的安徽教育出版社的这个新版，选择了致敬业界前辈，封皮上赫然写着"大作家给孩子看的洁本红楼”，然而搞笑的是，选孙温的画做封面，偏偏选了那幅《贾宝玉梦游太虚境》——这一节明明被大作家给删去了。

《红楼梦》的自清洁程度很高，对于今天的家长来说，根本不必担心这个，你孩子看的二次元动画，什么“耽美”“腐系”，比这本书还要“污”一些。更多的家长买青少版是为了帮助孩子应对进入高考必读书目的《红楼梦》，那茅盾先生的这个节本，对此更是没有帮助。我看到过高中语文考题里出了湘云的判词，让学生判断说的哪个人物；给出书中的诗词，说表现了人物的什么性格——这些统统都被茅盾先生删掉了。

茅盾先生的这个节本，很少被真正看作青少版的《红楼梦》。

虽然在《导言》中他也提到“中学生诸君”，但彼时的中学生，不是今天的中学生，学“文学的技巧”，不是“写作文”。茅盾先生之所以愿意删节编订《红楼梦》，是想从普及的角度，贯彻他秉持的现实主义文学观念。

他在《导言》中明确了自己“尽量删削”的三个标准：

第一，“通灵宝玉”“木石姻缘”“金玉姻缘”“警幻仙境”

等等神话，无非是曹雪芹的烟幕弹，而“太虚幻境”里的“金陵十二钗”正副册以及“红楼梦新曲”十二支等等“宿命论”，又是曹雪芹的逋逃薮，放在“写实精神”颇见浓厚的全书中，很不调和，论文章亦未见精彩，在下就大胆将它全部割去。

第二，大观园众姊妹结社吟诗，新年打灯谜，诸如此类“风雅”的故事，在全书中算得最乏味的章回……这一部分风雅胜事，现在也全部删去。

第三，贾宝玉挨打，是一大段文字，“王熙凤毒设相思局，贾天祥正照风月鉴”，又是一大段文字，贾政放外任，门子舞弊，也是一大段文字，可是这几段文字其实平平，割去了也和全书故事的发展没有关系，现在就“尽量删削”了去。

总计前后删削，约占全书五分之二。既然删削过了，章回分解就不能依照原样，所以再一次大胆，重订章回，并改题了“回目”。

删掉的，是可以忽略的；留下的，是希望你重视的。这个取舍之间的内在逻辑产生于茅盾先生一直推崇的文学主张：文学要有写实精神与社会意义。对于既是小说家也是文艺理论家的茅盾来说，一直秉持着与历来“瞒”和“骗”的文艺相对立的现实主义创作思想，既体现着文学为人生的思想宗旨，也体现着小说现代化的艺术要求。

这个节本在观念和审美上都有明确的导向性，茅盾先生固然想影响有意文学创作的年轻人走向现实主义的道路，只怕也想改变阅读者的审美习惯和价值判断。《红楼梦》如同一个放大器，会扩大这一影响。

于是我们有了这本现实主义的节本《红楼梦》。

我对各种续写《红楼梦》的人都表示理解，更不要说茅盾先生此举背后还隐含的良苦用心了。事后说三道四很容易，所以也很廉价。“历史局限性”是个充满文化优越感的词，这个词隐含着一个假设的大前提——纪年在后，就意味着局限更少，认知更全面。而这个大前提，是可疑的。

我认为这个节本只是更为清晰地凸显了一个大的趋势：《红楼梦》进入20世纪之后，就开始被“现实主义化”。

接下去的日子里，这本书里的“神仙”“幻境”之类的内容根本不必删节，在强大的阐释力量之下，它们会自动蒸发，作为“现实主义杰作”的《红楼梦》，将充满戏剧性地出现在中国人的面前。

4

1954年9月15日，中华人民共和国第一次全国人民代表大会召开，距离毛泽东在天安门城楼上宣布中央人民政府成立，过去了5年，新中国的最高权力机关，通过、颁布了第一部宪法，选举了自己的国家元首和政府首脑。

同时，山东大学的《文史哲》，这一年的第9期杂志如期面世。3年前创刊的《文史哲》，是新中国创办最早的高校文科学报和人文社科学术杂志，可谓开风气之先。这期杂志，发表了两位毕业校友的文章《关于〈红楼梦简论〉及其他》。

题目中所含的《红楼梦简论》是俞平伯先生的文章，俞先生当时已是名家学者了。此文的作者是两个去年刚毕业的年轻人李希凡与蓝翎，编辑加了一段“编者的话”，非常低调地表示“主要对于俞平伯先生的论文有所商量，本刊编辑认为这种对于问题展开讨论的精神是好的，况且《红楼梦》这部古典现实主义的作品，因为内容丰富，引起人们的误解也最多。澄清关于其中某些问题的看法，对于读者会有帮助”。

这两个年轻人怎么也不会想到，这年春天，他们俩站在中山公园报栏前的念头一转，会成为蝴蝶煽动的翅膀，结果是《红楼梦》这部书现代命运的第二幕，轰轰烈烈地上演了。

他们看到的是俞平伯的文章《曹雪芹的卒年》，联想到了《红楼梦简论》一文，于是想到了写一篇批驳的文章。因为“他们反复阅读了一些马克思主义关于现实主义的文学理论，阅读了毛主席关于经济、文化、文艺的著作，阅读了不少苏联先进的关于古典文学和美学问题的著作，同时也反复仔细阅读了《红楼梦》。从对这部作品思想性和艺术性的直接感受中，研究俞平伯的《红楼梦简论》《红楼梦研究》的反动观点”[1]。

他们认为俞平伯先生“未能从现实主义的原则去探讨《红楼梦》鲜明的反封建的倾向”，把其“内容归结为‘色’‘空’”，“以反现实主义的唯心论的观点分析和批评《红楼梦》”，把对立的宝钗和黛玉，说成“双峰对峙二水分流，各尽其妙莫能相下”，俞平伯认为曹雪芹没有倾向性，这是把“反面典型”与“正面典型”混为一谈，调和了“尖锐的矛盾”，“抹杀了每个形象代表的社会内容”。

1　李希凡、蓝翎：《谁引导我们到战斗的路上》，原载《中国青年》第廿二期，1954 年，转引自《红楼梦研究资料集刊》，第 143 页。

他们的动机，跟后来用“新批评”和“神话原型批评”来研究《红楼梦》的年轻人，也没有什么本质上的不同。只是他们的文章遇到了一位特殊的读者。当然，这两位年轻人当时还一无所知。

很快，《人民日报》主编邓拓亲自找了他们去，告诉他们《人民日报》要转载，他们就很听话地回去调整了少量字句，把稿子发了过去，然而并没有见报，他们也不理解到底发生了什么。过了几天，冯雪峰又找他们谈话。李希凡读过很多冯雪峰论鲁迅的文章，对“雪峰同志”充满敬意。被告知自己的文章很粗糙，要改一下，他们完全认同这一判断，没有丝毫的不快，就回去修改了。

《文艺报》1954 年第 18 期，转载了他们的文章，篇首加了个“编者按”，说明“作者是两个开始研究中国古典文学的青年”“试着从科学的观点对俞平伯先生的《红楼梦简论》一文中的论点提出了批评”“希望引起大家的讨论，使得我们对《红楼梦》这部伟大杰作有更深刻和更正确的了解”。

这个编者按，是冯雪峰写的。他保留了对这篇文章“不周密”“不全面”的看法，但也认为“他们这样去认识《红楼梦》，在基本上是正确的”。

受到莫大鼓励的两个年轻人写的第二篇文章《评〈红楼

梦研究〉》，在1954年10月10日的《光明日报》上发表了。在这篇文章里，他们充分肯定了俞平伯先生考证版本、“辨伪”与“存真”的成绩，是“最可珍贵的劳动成果”，但俞先生承继的是胡适“自然主义”说法，没能使用“现实主义的批评原则”，否认《红楼梦》表现的是“典型的社会的人的悲剧”。

两位年轻人对“现实主义的批评原则”的理解来自革命导师恩格斯。恩格斯赞扬巴尔扎克“不得不违反他自己的阶级同情与政治偏见”“看出了他所心爱的贵族必然没落而描写了他们不配有更好的命运”“是现实主义的最伟大的胜利之一”。显然，曹雪芹也取得了这样“伟大的胜利”。他们认为，“曹雪芹之所以伟大，就在于现实主义的创作方法战胜了他落后的世界观”。

《光明日报》也加了编者按，说明两个年轻人“试图”“提出一些问题”，“供我们参考”。至此，一切正常。没有人想到，六天之后，中共中央政治局的同志和宣传文化方面的负责同志，收到了一封来自最高领导人的信。

《毛泽东文集》第六卷中，我们可以读到这封信的全文：

各同志：

驳俞平伯的两篇文章付上，请一阅。这是三十多年以来向所谓《红楼梦》研究权威作家的错误观点的第一次认真的开火。作者是两个青年团员。他们起初写信给《文艺报》请问可不可以批评俞平伯，被置之不理。他们不得已写信给他们的母校——山东大学的老师，获得了支持，并在该校刊物《文史哲》上登出了他们的文章驳《红楼梦简论》。问题又回到了北京，有人要求此文在《人民日报》上转载，以期引起争论，展开批评，又被某些人以种种理由（主要是“小人物的文章”，“党报不是自由辩论的场所”）给以反对，不能实现；结果成立妥协，被允许在《文艺报》转载此文。嗣后，《光明日报》的《文学遗产》栏目又发表了这两个青年的驳俞平伯《红楼梦研究》一书的文章。看样子，这个反对在古典文学领域毒害青年三十余年的胡适资产阶级唯心论的斗争，也许可以开展起来了。事情是两个“小人物”做起来的，而“大人物”往往不注意，并往往加以阻拦，他们同资产阶级作家在唯心论方面讲统一战线，甘心作资产阶级的俘虏，这同影片《清宫秘史》和《武训传》放映时候的情形几乎是相同的。被人称为爱国主义的影片而实际是卖国主义影片的《清宫秘史》，在全国放映之后，至今没有被批判。《武训传》虽然批判了，却至今没有引出教训，又出现了容忍俞平伯唯心论和阻拦“小人物”的很有生气的批判文章的奇怪事情，这是值得我们注意的。

毛泽东

一九五四年十月十六日

这封信的信封上写着：“刘少奇、周恩来、陈云、朱德、邓小平、胡绳、彭真、董老、林老、彭德怀、陆定一、胡乔木、陈伯达、郭沫若、沈雁冰、邓拓、袁水拍、林淡秋、周扬、林枫、凯丰、田家英、林默涵、张际春、丁玲、冯雪峰、习仲勋、何其芳诸同志阅。退毛泽东。”[1]

从1954年10月到1956年6月，全国各大专院校的文科院系、文艺团体、学术机构、民主党派都在讨论《红楼梦》，报纸刊物发表的相关文章有数百篇，第二年作家出版社选编其中的129篇，出版了近100万字的《红楼梦问题讨论集》。

1 毛泽东：《关于〈红楼梦〉研究问题的信》，见《毛泽东文集》第六卷，人民出版社，1999年，第352—353页。

5

这部书从来没有被这么“重视”过，想必登到如此高处，一定会有些眩晕。

第二幕真正的“反一号”并不是俞平伯先生，而是第一幕中的男一号，此时并不在场的胡适之。

1955 年三联出版社出版了 200 万字的《胡适思想批判论文汇编》，选编的就是这几个月来发表的批判文章。

寓居美国的胡适远远地关注着现场相识人物的命运。

曾经借过他的甲戌本回去誊抄的“小朋友”周汝昌，完全承继他的考证道路写了《红楼梦新证》，他此时深刻反省自己不懂马克思主义，理论水平有限，成了胡适和俞平伯的“俘虏”，他坚决反对这本伟大的现实主义小说《红楼梦》被胡适变成了“麻醉青年人的工具”，被俞平伯弄成了“闹着玩儿的无聊对象”。

胡适给朋友写信说：“周君此书中有几处骂胡适，所以他可以幸免。俞平伯的书，把‘胡适之先生’的字样删去了，有时改成‘某君’。他不忍骂我，所以他该受清算了。其实我的朋友们骂我，我从不介意。”[1]

俞平伯先生只是思想受了批判，那两年的生活并没有受到实质性冲击，大家认定他“政治上与胡适不同”。但俞先生那种钗黛不分伯仲才能“极情场之盛，尽文章之妙”的话不能再拿来说《红楼梦》了，“麻油拌韭菜，个人心里爱”这样的话，不只是不合时宜，简直是极端错误的了。

《红楼梦》开始和一些崭新的、宏大的话语联结在了一起。

其实不只是对《红楼梦》的言说方式，中国人谈论一切的话语方式都彻底改变了。政治话语开始进入生活的每个缝隙，这种“非常态”放在更大的时间坐标系里看，却也并不罕见。

史湘云与林黛玉中秋夜联句，大观园里两个女孩子半夜对着月亮作诗，“玉桂”“金萱”也会跑出来，她们自嘲“替他们颂圣”。宝玉向黛玉剖白心迹：“除了老太太、老爷、太太这三个人，第四个就是妹妹——”今天哪个男生这样表白一下试试？

不同历史时空里的人，有着不同的“政治正确”。

1 胡适：《致沈怡》，见《胡适书信集》下册，北京大学出版社，1996年，第1239页。

因为受到空前的重视，对《红楼梦》这部书的作者和版本问题的研究也跟着升温，收获的除了马克思主义文艺学和社会历史批评下的研究成果，还有一些珍贵的关于作者家世和作品版本的资料，当然，假文物也跟着出了不少。

大概也是从那时起，提及这部书，“史诗”“杰作”“经典”“百科全书”等等尊号前面还要有一串长长的金碧辉煌的定语，就像过去皇帝皇后的谥号一般，定语不超过七个字，你都觉得不好意思在后面再跟上“红楼梦”三个字。

“加冕仪式”，也顺理成章地出现了。

那就是1963年纪念曹雪芹逝世200周年的纪念展览会。

纪念活动从1962年就开始了，中央新闻电影制片厂拍摄了《纪念曹雪芹》的纪录片，越剧电影《红楼梦》上映，轰动一时，北方昆曲院巡演《晴雯》，周恩来总理亲自审核了此剧的剧本与演出，各家出版社除了再版《红楼梦》、出版程本、脂本的影印本，还出版了与此书或作者相关的各种资料文献……

只是曹雪芹究竟在哪一年逝世的，还没能确定下来。

从1962年春天就开始举办座谈会、讨论会，专家们开始写争论文章，“癸未”“壬午”，还是“甲申”？越闹越激烈，谁也说服不了谁。一年之后，负责纪念活动的领导同志，看看情况，知道是不会有结果了。于是，他们决定让学术的归学术，你们继续研究——这次纪念活动需要一个确定的卒年，我们“决定”让曹雪芹逝世于乾隆二十七年壬午除夕，也就是1763年。

1963年8月17日，故宫文华殿，由中华人民共和国文化部、中国文联、中国作协和故宫博物院联合举办的“曹雪芹逝世200周年纪念展览会”开展。

这次展览的展品有2000多件，展览分六个部分，第一部分是关于曹雪芹的生平及家世，展出的有敦敏的《懋斋诗抄》、敦诚的《四松堂集》、裕瑞的《枣窗闲笔》，以及《辽东曹氏族谱》，康雍两朝颁发给曹家祖辈的诰命，曹寅、曹頫给康熙、雍正的奏折，曹寅的《楝亭诗抄》，等等。第二部分是《红楼梦》的时代背景，康雍乾时期人民反抗活动的史料，清朝前期文字狱与禁毁书籍资料，科举制度及科场舞弊的资料，《康熙南巡图》《乾隆南巡图》《苏州灾民图》《女四书》《女孝经》，纺织业和盐业资料，等等。第三部分是《红楼梦》这部书的抄本、外文译本、评论以及相关的诗词歌赋、续书等等。第四部分是同时期的参考服饰、日用器物、园林图片。第五、第六部分则是以《红楼梦》为题材的戏剧、电影、曲艺、绘画、工艺品等等。

2000多件展品，真正与曹雪芹本人相关的，严格意义上说，没有一件。

属于他的只有《红楼梦》。

但此刻这部书已经化身千万亿，端坐莲花台，宝相庄严，只怕曹雪芹自己都要揉揉眼睛，才能辨认出来。

6

《红楼梦》进入现代的第一幕中，被大师们勾勒出了基本轮廓，那么在第二幕中，它被雕刻出了清晰的五官与身体的线条。即便几十年之后，因为时代话语方式的改变，我们还会稍作调整和修饰，但那些线条已经定型了。

在专业研究者那里，社会历史批评成为最为主流的方法。而对于普通阅读者来说，这部书在第一幕中“断成两截”，在第二幕中书中人物则“分成两派”，宝钗与黛玉、袭人与晴雯、贾政与宝玉，老婆子们与小丫头们……

最为重要的是贾宝玉、林黛玉的“叛逆者”形象，在第一幕中还只是众多标签中的一个，现在则成了唯一的烙印。

从物种生存的角度讲，《红楼梦》在绝大多数古典作品都隐踪灭迹的“冰河期”，意外地获得了优渥的生存空间。它的出版始终没有中断，对《红楼梦》的校订、整理工作一直在国家层面的支持下大力推进，即便在“文革”期间也是如此。在同类都成了“毒草”惨遭薅锄的那段特殊岁月里，这棵摇曳在灵河畔与大观园里的绛珠仙草，始终都在中国人的阅读视野之中。

之所以能够如此，跟《红楼梦》的一位特殊读者，当时的国家最高领导人毛泽东，是分不开的。

伟大领袖毛主席关于《红楼梦》的一些话语广为流传，“封建社会的百科全书”是其一。还有就是他在《论十大关系》中的那段：“我国工农业不发达，科技水平很低，除了地大物博，人口众多，历史悠久，以及在文学上有部《红楼梦》等等之外，很多地方不如人家，骄傲不起来。”《论十大关系》是他1956年在中共中央政治局扩大会议上做的报告。

比较有趣的一则逸事是，1973年12月，毛泽东召集一些军队高级将领谈话时问：“许世友同志，你现在也看《红楼梦》了吗？要看五遍才有发言权呢！”于是南京军区就有了一项如何帮助许司令员完成读《红楼梦》的政治任务，想出来的办法是弄出一个5万字左右的《红楼梦》精华本。任务到了南京大学革委会，革委会交给了中文系，中文系选了年轻的吴新雷老师完成这个任务。

记者采访到了吴老师，吴老师回忆：不是改写，是压缩，全部用原文，不能用自己的话，主要人物和情节都要有，他还保留了一两首诗词，“花谢花飞飞满天”也有……他自己几个月之内倒是把《红楼梦》结结实实读了五遍，不然也串不起来。可惜这个“精华本”没有存留，吴老师当时并不知道是做什么用的，只知道是南京军区的政治任务，他笑对记者说：“哪敢偷偷摸摸留底本呢？”

1973 年 12 月，那是我出生的时间。

妈妈说，她当时在家里坐月子，在新华书店工作的兰儿姨给她拿来了一套新出的《红楼梦》，她就在给我喂奶换尿布的同时，读完了这套书。

这个故事她讲了很多年。我写到此处，站起身，拉开书柜，拿出那套人民文学出版社出的四册淡青封皮的《红楼梦》。翻看封皮，先是 1972 年的《再版说明》，似乎跟记忆中有些出入，我再看版权页，这是 1957 年版，1979 年重印的。

如果妈妈坐月子时读的是这套书，那躺在她身边的应该是小弟，而不是我。而且我记得小时候自己看的《红楼梦》，前面还有一长篇关于曹雪芹的文章，写着“四大家族”“崩溃”“腐朽”“贵族阶级斗争”之类的话，因为那是对《红楼梦》和曹雪芹的“第一印象”，我记得非常清楚。旁边还有一本暗红色封皮的讲书中人物的书，满篇都是当时语文老师要求我们背的“优美词语”，我还抄了不少，并排还有很多薄薄的小册子，都是关于《红楼梦》的。

那是小学五年级暑假，河南省周口市西潘公街的那个小院，父母一上班，我就从自己住的厢房，溜进后面的三间堂屋，东屋是父母的卧室，西屋是书房，书架上贴着“封条”，爸爸用毛笔写的大大的黑字：禁止翻阅……

这一切早都消失了。我也没办法去找人求证，父母都已不在这个世界上了。

千里之外，30多年之后，我的这个胡桃木的书柜，里面装的旧书，是用来隔着防尘玻璃看的，轻易不会触碰。要不是刚才突发奇想，我也不会发现这宗我们家的小小的“红楼迷案”。

我也小小地考证了一番。我确信我的记忆没有错。而妈妈的故事很早就开始讲，每次都跟控诉我“闹夜”闹了整整100天这一“历史罪行”联结在一起，讲了很多年。她老人家素来认为我“未必佳”，也不会提前三四十年为我准备下一段“佳话”——那么唯一的可能就是我从老家带回来的这套书，不是最初妈妈读的那套。

现在我当然知道了，我记忆中的那篇文章，是李希凡先生给1973年《红楼梦》再版写的前言《曹雪芹与〈红楼梦〉》；那本暗红色封皮的书，是蒋和森的《红楼梦论稿》；那些小册子，应该是1973—1974年全国“评红”热潮中即时印刷出版的文集。

这些书在从一地到另一地的搬迁中，会有散佚吧。父母买的，加上我自己后来陆续买的，家里也就不到十套《红楼梦》，都是很普通的版本。妈妈去世的时候，我烧了一套三册的集校本《红楼梦》给她——我想，没有我在她身边彻夜啼哭，她自去大观园里玩儿吧……

妈妈去世的第二年，我鬼使神差地去读了个《红楼梦》的博士。后来写论文，别说父母的书——那些带来但是放在玻璃橱里的，就是自己买的旧书，碰都不舍得碰。买了新的拿来划线、折角，原来《红楼梦》一旦成为研究对象，就从和“他”谈恋爱，变成了给“他”做解剖。

盘亘在普通人家、百姓日常中的《红楼梦》，才是活着的《红楼梦》——只需被阅读，不必做阐释。理解是自己的事，就像人生和生命，别人说不着。

所以啊，这部书——顶后有光犹是幻，云生足下未成仙。

第六章　前理解与后真相

1

1987年5月2日，央视版电视连续剧《红楼梦》首播。

这部作品后来成为很多人心目中最为“经典”的一版《红楼梦》影视改编作品。很长时间，这部剧和央视86版《西游记》一样，总在重播，尤其是寒暑假期间，从而成为很多“80后”“90后”年轻人的童年记忆。

我提起这部剧，因为这部剧是一个非常集中且典型地体现“前理解”这一概念的例子——它是此前对《红楼梦》全部“理解”的产物，也是继续形成“前理解”的重要力量。

“前理解”是个解释学的概念，我用在这里借指没有读过《红楼梦》这部小说，凭借文化传播获得的对这部小说的认知。

电视剧《红楼梦》是一个独立的艺术作品，如果拿来跟原著做对比，从而形成是否“忠实”的价值判断，在我看来，对主创们不公平，得出的结论也不科学。所以我做的分析既不涉及高下，也不涉及对错，只关乎事实。

这部剧36集，剧情设定是《红楼梦》这部书进入现代之后主要阐释的凝结与提炼：它是现实主义的；它用一个“自编”的结尾彻底贯彻了“书分两段”；凸显年龄、性别的“清浊”对立，钗黛晴袭的竞争对立，完全遵照“人分两派”的原则。

这部剧30多年的传播，影响巨大。《红楼梦》在年轻群体中翻红成为“古风”新宠，跟这部剧的视觉形象也不无关系。因为剧集体量有限，似乎也没有太多空间完成相对复杂的人物塑造，宝黛钗都只剩下了“刻板印象”：黛玉就是“林哭哭”兼“林撑撑”，宝钗除了“心机”之外什么都不剩，宝玉则是用孩子气的阳奉阴违来表达“反抗”……

正如卡尔维诺所说：“经典作品是这样一些书，它们带着以前的解释的特殊气氛走向我们，背后拖着它们经过文化或多种文化（或只是多种语言和风俗习惯）时留下的足迹。”

《红楼梦》走到我们每个人面前的时候，携带着它一路走来的这一切。

2

我们今天几乎不可能完全不带前理解地遇见这部书了。

也许在幼儿园里，我们会学到这样的一首儿歌：

红楼梦，红楼梦，悲欢故事在传颂。说说笑笑的刘姥姥，疯疯癫癫的王熙凤。宝钗嫁宝玉，宝玉不愿意，一心要娶林黛玉，大观园里空欢喜。

这是我从亲戚家孩子那里听到的，不知道作者是谁，但我觉得总结得很好，尤其是“空欢喜”三个字。我看着蹦蹦跳跳唱着儿歌的小女孩，想着，这也许就是她对《红楼梦》的第一印象。

接下去，也许她会听到缠绵悱恻的87版电视剧《红楼梦》的插曲，也许会看到各种版本的影视作品，甚至会看到和她一样年纪的小学生学着大人的样子搬演的红楼故事；再往后，她会在初中语文书里遇到课文《葫芦僧判断葫芦案》，知道有种东西叫作“护官符”，高中时再遇到另一篇课文

《林黛玉进贾府》，听见了那句“这个妹妹我见过……”

她甚至还可能通过各种媒体听到了某位老师告诉她，“大观园是青春王国”；听到另一位老师告诉她，宁国府的天香楼上，藏着一桩撼动清宫和朝廷的惊天逆案……她也许相信，也许不信，直到她自己打开这部书……

当然，她或者他，也许不会打开这部书，或者打开了，翻翻觉得不好看，又合上了。即便如此，他们还是知道宝黛钗，知道大观园，还是有了对《红楼梦》这部书的“理解”。

再往后走，她或者他长大了，即便没读过这部书，也不会影响他们的生活。他们阅读或者观看着自己身边的现实故事、异域的魔幻故事，他们在次元壁之间穿梭，在时间与星际之间来回旅行，到平行宇宙去置换命运……偶然会看到各种娱乐文化咨询，毕竟以《红楼梦》在今天的“咖位”——文化位阶和知名度，关于它的任何事情都可能变成新闻：《红楼梦》又要被拍成电视剧或者电影了，谁会成为林黛玉、薛宝钗和贾宝玉？天哪，十二钗要由十二个男人来搬演，这是什么神操作？全网都在骂一家出版社，他们出了本粉色封皮的《红楼梦》，找几个“好妹妹”蹦蹦跳跳唱着歌告诉别人这是“青春版”，然后就被骂了个狗血喷头，为什么？

他们知道了有一门高大上的学问叫作“红学”，有一个人数庞大的群体叫作“红迷”……他们听到了很多关于这部书的传说和故事，即便没看过，也知道这部书有点儿特别，特别得有点儿奇怪。

对名著的前理解，可能带来好奇与期待，也可能带来对抗与拒绝。

2013年广西师大出版社在网上发起了“死活都读不下去的书”排行榜的投票活动，榜单出炉，前十名分别是：《红楼梦》《百年孤独》《三国演义》《追忆似水年华》《瓦尔登湖》《水浒传》《不能承受的生命之轻》《西游记》《钢铁是怎样炼成的》《尤利西斯》。

四大名著全部在列，《红楼梦》不仅“战胜”了自己的三位“同胞兄弟”，竟然还“打败”了《追忆似水年华》与《尤利西斯》——据说全世界读完《尤利西斯》的人不超过35个，也不知道这个人数是怎么得出来的——荣登榜首。

主办方称这个调查有3000人投票，大多是“90后”和“00后”的年轻人。

2013年广西师大出版社的调查票选与1923年《京报副刊》的调查票选相映成趣，都是千人规模，都是愿意读书的年轻人——没有阅读习惯也不会参与这样的投票，选出的“状元”都是《红楼梦》这本书。

只是原因恰恰相反。从“青年最爱读”到年轻人“死活读不进去”，横亘着的正是这部书进入现代之后近百年的巨大阐释。

其实今天喜欢《红楼梦》这本书的年轻人也很多。我曾经受邀去曹雪芹文化中心讲“品红课”，现场听课的人要通过网上报名，年轻人占多数，而且有的年轻人还身着汉服盛装出席，仙袂飘飘，让我也是大开眼界。

喜欢《红楼梦》，理由千万，不必多解释。让我觉得有意思的是“死活读不进去”。每个人的具体际遇、审美趣味、生命感觉不一样，对一本书，一部作品，哪怕是名著，喜欢或者不喜欢，都是正常的事情，可以理解。

我之所以饶有兴趣地深入思考这个问题，跟我的两位朋友有关——他们对这部书都表示了不同程度的“反感”。

他们按照今天的标准，应该都算“前浪”，不是那么年轻了。一位从事影视创作，一位是资深出版人，读书是他们的职业要求，也是他们日常生活的基本组成部分。前一位表达得很夸张，他下定决心要解决掉自己没有读过《红楼梦》这个问题——对于一个中国的读书人来说，这似乎是一种“文化缺陷”，想出来的方案是把一套《红楼梦》放在厕所里，再也不带手机进去，强迫自己用两年的如厕时间，翻完这部书——遗憾的是，两年过去了，他依旧没有翻过前五回。即便他讲的只是个“段子”，但这足以充分表达他的阅读体验。另外那位出版人，说自己对这部书“无感”——他也强迫自己去读了，但还是没能读完。

我因为对这两位都有相当的了解，他们中一位同时还是油画作品被大都会博物馆收藏的画家，另外的一位则是西方古典音乐的殿堂级发烧友，写过专业乐评。他们在给我讲述各自对这部书的阅读体验时，都有一种带着逆反的困惑——真不理解怎么会有人那么喜欢这书？

他们不约而同地使用了“自谦”或者“自黑”的修辞方式来表达一种优越感：这种优越感来自文化，也来自性别——《红楼梦》似乎是“中国传统的”，《红楼梦》显然也是“女性的”。他们都是深谙“政治正确”的当代知识分子，他们把对《红楼梦》这部书的“傲慢与偏见”，表达成了各自“让他们觉得自卑的个人问题”。

这是对《红楼梦》的另一类前理解。

这一类的前理解，其实具有相当的普遍性——隐秘，微弱，但也影响广泛且深远。举两个初中小男生的例子，都很好笑。一个是某位女性朋友的儿子，学霸型的，突然有一天惊讶地跟他妈妈说：原来曹雪芹是个男的呀？另一个是我家侄子计好好同学，努力型普通学生，嘟哝着说：男生读什么《红楼梦》……

3

《红楼梦》已然是中国的文学正典了，这是个事实，无论你接受还是不接受。

有趣的事情是，在我上面举的两朵“前浪”的例子里，除了优越感，我还能感觉到一种“冒犯的快感”。这种快感有点儿类似这部书的诞生的那个时代，读它，不去读经史子集，除了本身的乐趣，还意味着特立独行，洁身自好——至少我不像那些动不动就谈道德文章的人那样沽名钓誉。

从冒犯者的武器，最后成为被冒犯的对象，《红楼梦》进入了“现代之后”，这一幕，多了些喜剧色彩。

《红楼梦》的拥趸，从绝对数量上来看，很多，至少是以百万计的。有一些是职业的或者业余的“红学家”，但更多的是“红迷”。既然成了“家”，这本书就意味着价值实现——不管这个价值是利益的，还是纯精神的；既然是“迷”，那么这本书就意味着长期的、持续的情感投入。因此，“冒犯”这本书，通常会有些后果，严重或者不严重。

严重的，譬如《红楼梦》翻拍影视落在了期待视野之外，作品摔得稀碎，譬如使用不符合“正典”身份的轻浮不当的出版营销手段，当事人都会蒙受不小的经济损失，附赠社会评价降低；不严重的，譬如一个写小说的当代人，坦言《红楼梦》“毫无现代性”，是“落后的过时的士大夫情调的旧文学”，顶多是引来另一群人写几篇反驳的文章。

这位当代小说家还顺带批评了中国当代作家的“自卑情结”，这么多年说起来只有一个《红楼梦》，怎么够呢？

这话是对着21世纪的新媒体说的，但说的也是100年前的旧话了。我这里的“新”和“旧”，不是价值判断，只是事实判断。至于中国作家有什么“情结”，不知道是不是中国作家排着队一个个躺在这人的诊疗室里做过心理咨询，他才这么有把握地做出“诊断”，统一开了药方，让大家去拿西方经典来治病。不过在观念的自由市场上，卖什么的都有，什么也都有人买——不喜欢多换几家，再逛逛，总不能把人家的摊儿踢了，店砸了。

《红楼梦》作为中国现当代小说的“参照物”，不是新鲜事儿。100年前就如此，甚至在还没有一篇真正的中国现代小说诞生之前，参照系先有了。不过最初搭建这个参照系的“五四”一代，对《红楼梦》是挑剔的，保留的，对未来的中国小说是乐观的，期待的。30多年后，中国另一位国民级小说家张爱玲说的话就有些丧气了：《红楼梦》是高峰——高峰成了断崖。后来的图景大致成了：这座“无稽崖”睥睨着中国现当代作家在四海八荒垒砌的大山小丘，土堆草垛蚂蚁窝，乐高积木塔……

这种对比想象简单幼稚，因此也十分荒唐。固然所有的小说家都和自己的伟大前辈同行之间存在着竞争关系，但这种竞争不是同场竞技，输赢当下立判，而是新作品作为刚刚诞生的新物种，与已然成为强势物种的经典之间的生存竞争。当然，方生方死的新物种很多，但《红楼梦》同时期文化物种灭绝的也是千千万万，这部书是演化竞争中存活下来的极少数物种之一呀。

演化没有方向，充满了不确定性和偶然性，时间也并不值得信任——所谓“经得起时间的检验”只是一种基于当下的天真幻觉。

每个人都是基于自己来想象世界和别人的，同样，每个时代也都是基于自己的时代来想象历史与未来的。

于是，我们站在此刻，看着这部登上王座的《红楼梦》，审视着它曾经蒙受的委屈和不幸，颠沛流离的童年，饱受歧视和压迫的少年，艰苦抗争力争上游的青年……终于，获得了万民拥戴，登上了原本就该属于它的高贵王座，迎来了它生命中美好的时刻……接下去，就是我们如何珍爱“他”，守护“他”，长治久安，万世太平，永远幸福地生活在一起……

这篇“王子历险记”，不是《红楼梦》的真实经历，是我们想象出来的童话。虽然这篇“童话”描述的也是“史实”，但它的内在逻辑，那个建构出来的“命”定或者“规律”定的因果链条，是属于“童话”的——是美好愿景，同时也是价值规训。

这也是关于《红楼梦》的阐释之一。

阐释催生了各种“前理解”，或正，或反——正反比例，没有经过双盲实验，我也不敢瞎说，单凭观察和经验来看，我的判断不是很乐观。

想想也合理，“逆反”这件事，是贯穿人一生的基础心理模式，不只青春期有，更年期也有，就看每个人的认知能力对其克服和超越的程度了。

《红楼梦》这部书，此时此刻，与关于它的庞大且芜杂的各种阐释共生在一起。这种共生关系与这本书自身的生命力之间，并没有直接的正相关性——用这本书的话说就是“一荣俱荣，一损俱损”，《红楼梦》与其共生阐释之间没有这种关系；当然，也不单纯是负相关的，如俞平伯先生忧心的那样——“红学愈昌，红楼愈隐”。

这些芜杂如茂林般的阐释存在着，是《红楼梦》在当下这个时期存在度的标志。它的存在度很高，但并不意味着生命力很强——这一刻它活着，活得很好，但并不意味着下一刻它不会死去。

筛选每时每刻都在发生，只是要等很久，人类才会察觉得到。演化时间与我们的生命时间，使用的不是一个量级的计量单位。这部书在未来的文明形态中的生存命运，依然是不确定的。

4

阐释催生了“前理解”，同时也带来了“后真相”。

2016 年 11 月 22 日，牛津词典宣布他们选出的年度词是：“后真相”（post-truth）。该词的含义是指客观事实在影响人们的选择和决定时降到了次要位置，情感和个人立场成了更为主要的影响力量。

那一年，英国全民公决，投票确定脱欧。脱欧阵营在鼓动选民时，不惜使用了虚构事实大肆宣传。即便当时就被揭穿了，但他们“夺回控制权”的口号依然比“真相”赢得了更多英国人的心。

“后真相”一词，虽然属于21世纪，描述的也是全媒体时代“真相”对舆论影响的无力，但我们人类何曾在任何时候脱离过操控和被操控、影响和被影响的这一基本处境？媒体尤其是社交媒体的普及，不过是将这一原本被遮蔽、被掩盖的“真相”景观化为了“后真相”。

《红楼梦》这本书，如今就在后真相的景观之中。

刘梦溪先生在《红楼梦与百年中国》一文中借陈寅恪先生的诗来为此感慨：“遥望长安花雾隔，百年谁覆烂柯棋？”他在引言中说：“所谓真理越辩越明，似乎不适合《红楼梦》，倒是俞平伯先生说的‘越研究越糊涂’，不失孤明先发之见。”他虽然已经在写这篇文章了，但深知这100年中扭了许多“死结”，连连感慨：“吾不知矣，吾不知矣。难言之哉，难言之哉。”[1]

俞先生的“孤明先发”，刘先生的“难言之哉”，都是学养带来的清醒，让人莞尔，也让人为之一叹。只是这样的一丝清凉微风，抵不过那“滚滚红尘”。

刘梦溪先生在他的文章中将直接关于《红楼梦》作者和版本的研究状况比作“食尽鸟投林”，因为没有有效可靠的

1 刘梦溪：《红楼梦与百年中国》，河北教育出版社，1999年，第12页。

新资料——巧妇难为无米之炊。曹雪芹是谁的儿子？脂砚斋是什么人？到底是谁写了续书？如果我们老老实实地回答，我们只能说：不知道。

这也让人太不甘心了。不甘心到忍不住会相信：哪家王府花园石头假山的下面，找到了一摞油纸包着的稿子；谁家奶奶的旧书柜里，找到了一个涂满红字的抄本……上面都写着宝黛钗的命运结局。

文物造假是对知识储备和文化积累都有相当要求的工作，技术含量也比较高，但这些不重要——你说我假，我说你瞎，咱就比着嚷嚷，看信你的人多，还是信我的人多。

好吧，新资料不可靠，我就扭头回看老资料，我比对版本，字斟句酌——研究需要推理，推理要借助合理想象，想象往前半步就成了虚构和幻想，幻想的光晕中定睛一看：天哪，这么多年、这么多人竟然是瞎的，这都没看出来！

你说别人眼瞎，别人说你疯傻，反正两边都是红口白牙，也就剩下来比试谁牙尖嘴利喽！

《红楼梦》呼吸领会着后真相的迷雾。

如果这只是学术共同体内部的争论，除了证明该学科前途堪忧之外，也不影响什么，凭他们闹到天上去，外人也管不着。

但关于《红楼梦》的后真相，是一场全民参与的公共文化事件。

这就像两口子干仗，在家里关起门来打，打得狠了归警察管，过不成了去民政局、去法院。但现在他们在互联网上“撕打”，在社交媒体上互骂，彼此揭发，一个“阴谋”勾出另一个“阴谋”，一个反转接着一个反转，全程直播，全民围观，私人事件变成了社会景观——他们企图影响的就是第三方的情感倾向和价值立场，以获得对自己的支持，给对方施加压力。

《红楼梦》此刻的生存环境，就是这么一个扩大了无数倍的“问题家庭”。

我们以曹雪芹的著作权之争为例，看一下现场。

在国内最大的搜索引擎上输入“《红楼梦》作者”，你可以得到1700多万条相关的链接，据相关研究者统计，被提名参与争夺著作权的人数已经达到三位数了，横跨明清两朝。

有一些人还是把版权留在了曹家，但作者变成了：曹寅、曹宣、曹宜、曹颙、曹硕、曹頎、曹顺、曹颜、曹頫、曹溶、曹渊、曹骥、曹曰玮、曹竹村、曹一士、曹天佑……说实话，除了曹寅、曹颙、曹頫是被认定的雪芹先生的祖、父两辈的亲人，那位“天佑”可能是他，之外那些“曹”家英灵，不知是从哪里被惊动出来的，实在让我后背发凉。

再有就是要把版权交给爱新觉罗家的，作者可能是：胤礽、胤禵、弘皙、弘晓、弘皎、弘暟、永琛、永瑢、敦诚、墨香……看见墨香的名字，我倒是笑了，永忠看来是白哭了。

此外还有：批注里的脂砚斋、畸笏叟；洪昇，写了《长生殿》的那位；冒辟疆，娶了董小宛、为她写了《影梅庵忆语》的那位；吴梅村，写了《圆圆曲》的那位，据说书中出现过的"吴玉峰、孔梅溪和贾雨村"，正好暗含了他的名字——我此刻分外想念表情包，因为深刻感到了语言的匮乏与无力。

下面就排名不分先后地列出来一部分吧：钱谦益、钱名世、孔梅溪、方以智、陈洪绶、纳兰性德、高鹗、袁枚、李渔、李过、李鼎、李霨、李绿园、李含章、傅山、石涛、和珅、方苞、魏廷珍、蒲松龄、郑克塽、瞿麻子、施廷龙、查士标、查继佐、林云铭、张宜泉、张廷玉、张岱、严绳孙、顾景星、谢三曼、薛香玉、朱文震、朱慈烺、朱本铉、朱由榳……至于祖孙三代、姐妹七人的不同"创作集体"，就恕不详列了。

这每个名字后面都跟着系统的文章和专著，跟着大大小小的遍布全国各地的研讨会和媒体宣传，跟着数不清的笔墨官司与口诛笔伐……进了王宫的《红楼梦》这时候又成了个可怜的“娃”——比做身世不明的孤儿更惨的，是自己好不容易长大成人，数不清好心的叔叔阿姨，吃饱了撑的，天天拉着你去认领莫名其妙的“爹妈”——你估计很难有和小伙伴愉快玩耍的正常社交生活啦。

作者问题只是《红楼梦》遇到的诸多问题中远不是最复杂的一个。版本问题，续书问题，续书作者问题……拎出来哪个都是千头万绪的乱麻，碰一下都成了机关消息乱动的铜网阵，万箭齐发，没人出得来。

这还没涉及新索隐、新考证以及集二者于一身的“探佚”——探索那些失去的“八十回之后”的情节。索隐、考证、探佚在新世纪每一派都门楣光大，人丁兴旺，生产力强大，书内书外的故事或者分别讲或者一起讲，个个讲得风生水起，波澜壮阔。

当年跟着《红楼梦》混得也颇为风光的一众续书，被胡适之和他的朋友们，一棍子闷倒，再也没机会出来招摇了，只能混在古籍资料的冷宫里，偶尔碰到写论文的老师或者学生，拉着人家的袖子说一说盛衰了。但新的续书依旧层出不穷，有的出自京城名家之手，有的出自西南某城不为人知的年轻女子之手……

大女散花，天罗地网，谁一头撞进来，都懵。

5

任何人用任何方式和《红楼梦》发生关系，我都表示理解和尊重。

那是你个人的选择——选“有意义”也好，你以此安放情感，实现某种价值；选“有意思”也行，娱乐自己、打发时间，甚至只是博眼球求关注，都没问题。

有人可以直播如何神速吃光一盆麻辣小龙虾，就有人可以在向别人讲述史湘云嫁给了曹雪芹，薛宝钗等的是贾雨村……

围绕这部书产生的庞杂阐释，一方面让《红楼梦》高居殿堂，于是人们就远观、仰视，当然也可能是质疑；另一方面当众扯头发打架的“问题家庭”，也让《红楼梦》多少被正常人“歧视”，疏远，或者鄙夷，嘲笑。

不少真心关怀《红楼梦》这部书的人，觉得它的生存环境看似鲜花着锦，烈火烹油，其实却滋生了很多病毒和细菌，有着巨大的健康隐患，他们呼吁解决一下这个“过度”“过多”阐释造成的“环境卫生问题”。

我认为这个问题无法解决，也不需要解决。你总不能画个圈儿集中“消杀”吧？就算要消杀，谁来定这个“度”和

“量”？只要不违背法律道德、公序良俗，又凭什么判断这个人说的话就是“益生菌”，那个人说的话就是“病毒”？

蝴蝶苍蝇齐飞，也比空气中弥散着杀虫剂和消毒水要好一些。更为重要的是，《红楼梦》没有那么脆弱，它又不是林姑娘锦囊中的花瓣儿，怕被脏的臭的玷污了。它从来都是在真实的复杂社会现实中存活的。

李敬泽先生在《芹脂之盟——那几个伟大读者》一文中，谑言“从清末民国一直到2020年，谈说《红楼》，一直是中老年文人的广场舞”。

这是一个颇有意味的比喻。

敬泽先生这句不无自我指涉的嘲谑，与前面提到的俞平伯先生与刘梦溪先生的叹息，是同样的清醒。

《红楼梦》置身“后真相广场”，周遭是以它为名、个中人乐在其中，旁观者百感交集的无休无止的大型广场舞。

“广场舞”是当下的景观。但想一下，形成这道景观的人群：少年时在操场上跳“忠字舞”；年轻时拎着四个喇叭的录音机，在草地上跳“迪斯科”；世纪之交，他们在中国大小城市的舞厅或公园里跳着“国标”交谊舞；退休了，他们开始在小区空地和社区广场上，跳广场舞……

有人觉得吵，抱怨扰民，有人嘲笑“low”，有人觉得是新“国潮”，全世界都有人跟着跳，有人觉得这是人间烟火气，是如你所愿的盛世图景，是最美不过的夕阳红……

“广场舞”无法解决，也不需要被解决。

扰民会招来警察，社区会限定时间，会有人放藏獒来捣乱，会有篮球少年来抢地盘，被人嫌弃了，他们自己会戴着蓝牙耳机“无声地”舞动四肢，还可以去买有心的企业专门为其生产的定向音响……也许它会随着这代人的消失而消失，也许会因为生活方式的改变而改变……

它自生，它自灭。

我并不为《红楼梦》这部书过分担忧。与我有限的生命时间和微弱的文化能量相比，它显然是更为强大的存在，它给我庇护，驱使我为它工作，但我不会妄想去“拯救”它——我以自我为尺度，很可能设计的“拯救方案”无比愚蠢。

如果说这部书教会了我什么，那最重要的就是让我认识到了世界的复杂性与自己的有限性。人只能以自我为尺度，虽然这把尺子长短不一，但对世界的广袤复杂与自己这把尺子的长度终究有限足够清醒，至少不会让自己变成一个满怀傲慢浅见的“妄人”。

《红楼梦》作为在演化中已经取得了非凡成功的文化物

种，我想它会继续求生，顽强地穿越下一次更为残酷的淘汰筛选，继续生存下去。

一个文化物种的存活度，取决于它占据在世之人的生命时间与意识空间的额度。这个额度跟人数有关，基数越大，人数越多，它的存活度就越高。但同时，这个额度还如同财富积累在社会中的运动一样，受控于“帕累托原则”——也就是关键少数原则。它必须占据那些“关键少数人”的生命时间与意识空间，才能更为持久和更为大幅度地提升自己的存活度。

《红楼梦》至少到现在为止，做得还不错。

那么未来呢？

《红楼梦》凭借已取得的生存优势，为自己争取到了一个面向未来的“推广”名额。2017年版的《普通高中语文课程标准》，也就是别人口中的“新课标”，对中国传统经典的阅读有了更高的要求，在“必读书目”中比例大概占到了一半，《红楼梦》名列其中。我出于个人利害关系，向从事高中语文教学的专家老师请教，这个“必读”到底意味着什么——是必考吗？《红楼梦》怎么考?!

我发现一旦变成了“学生家长”，面对高考，就会立刻丧失基本的思考能力与判断能力——高考语文是考那几十篇课文吗？

专家耐心地给我解释，这些“必读”书目，包括课文本身，是完成语文学习任务的“载体”，不能简单理解为考试内容。课标要求的任务是培养阅读的兴趣与习惯，提高阅读能力，拓宽视野，领略人类社会气象和文化，提高文字表达能力和思想文化修养，丰富精神世界。

这些看似抽象的要求，最后会转化、落实为非常具体的课程和考题。这个过程充满技术含量和多重考量。听完之后，我至少冷静下来，恢复了思考能力。

学校教育的本质是培养新的社会共同体成员。

高考的本质是选拔，从而完成不均衡的高等教育资源的分配。

而文学阅读，是人完成自我建构的不可替代的重要路径。

这三者的外延并不完全重合，但因着新课标，《红楼梦》这部书将三种力量都汇聚在了自己的身上。而且前两项，多少还带有某种程度的“强制性”。

我不得不惊叹《红楼梦》本事大，运气好，但很快我发现，福兮祸所伏。

2019 年初，我在一个月内接到了三家出版社和书商的邀约，都是要出“中学生版《红楼梦》”，简单说就是删节本，两家要求删到十几万字，最过分的那家要求5万字——我忍不住笑问：真的是给今天的中学生读的？不是“政治任务”？听完了解释才明白，《红楼梦》删节文只是书的一部分，他们策划的是让中学生“一书在手，四大名著全都有”。

我三家都拒绝了，理由是做不到。这倒也是实话，茅盾先生那样的“圣手”删完还有四五十万字，我也变不成割草机啊？当然，我也不愿意做。

不愿意，倒不是因为对《红楼梦》有那种“原教旨主义”的“洁癖”。恰恰相反，出版名著青少版，是一件有意义，可以说是功德无量的事情，但同时也是一件非常困难的事情。成功的例子也不是很多。19世纪初，玛丽·兰姆与查尔斯·兰姆姐弟改写的《莎士比亚戏剧故事集》，算是一个。但我认为《红楼梦》出青少版，是一件事倍功半、费力不讨好的事情。四大名著曾经有过一套连环画，好像还在不断再版重印，那个就足以让年纪小的孩子了解故事了。这个莫名其妙不上不下的“中学生版”，让我这个如此不愿意诛心的人，都忍不住以“小人之心”揣测此举所图为何了。

但是我知道，这些“中学生版”一定会出，我不做，自然有别人来做——其实此前已经有不少类似的“学生版”了，如果以后看到更多，我也不会觉得意外。

《红楼梦》这部书，借了人家的力，在面向未来“强势推广”的同时，也给自己召来了一场规模化的“暴力阐释”。删节文本是最强的一种阐释——而且这回删节的大原则，是揣摩一种关乎万千少年前途的选拔性考试的命题用意。

真是天道轮回，《红楼梦》活着活着，竟然活成了自己“最讨厌的样子”……

6

我们看当下，往往用的是放大镜，那样问题就会显得特别多。回望过去，忍不住会加一道滤镜，难免带着柔光。与此同时，我们又怀揣着“进步”的确信，面对过去，充满了文化上的优越感。所以，每个人活着的时代，都是“最好的时代”，也是“最坏的时代”。

对于《红楼梦》来说，似乎它经历的每个时代都是如此。

我忍不住会忧虑时，想一想这部小说一路演化而来存活至今的经历，我就会放下忧虑，升起信心。我想想它进入我生命时间的姿态与方式——1985 年的我，读着 1973 年的出版物，同样附着了强大的阐释外力，承受了沉重的“误解”，但又如何呢？最后，小说，挣脱了一切阐释。

也许可以用一种更为轻松也更为宽容的态度面对“阐释”，甚至是“过度阐释”。我曾经感慨《红楼梦》承受了太多的“阐释暴力”，但平心想一想，人类历史上，哪部“经”和“典”，又不是这样的命运呢？我在前面曾经用过一个比喻，阐释是刀，庖甲乙丙丁都来解《红楼梦》这头牛。有意思的是，上一幕是这头牛如土委地，下一幕骨肉联结，这牛原地打滚，又满血复活了。

经典生命力的强大就在于，它不会轻易被任何一种阐释终结，无论是理解，还是误解。

好的阐释尚且如此，更不要说那些对着它说的疯话傻话了——最后都会变成旁人听一听的笑话。笑话听一听，也没什么大碍吧？

我并不想此刻望天打卦，算一算《红楼梦》这部书下一步的命运究竟如何。说相信下一代人会更好地继承优秀传统遗产，这话近乎谄媚——拍“后浪”的马屁，“后浪”不仅不领情，还会看不起你。

《红楼梦》并不是一份现成的遗产，“传统”也不是一根接力棒，可以直接转交，它更像是一张“任务卡”。没有它，玩家完成不了挑战；但有了它，挑战还是要玩家自己来完成。

至于《红楼梦》呢，每一代人都是它接到的“任务卡”。看看它这一路开挂，从倔强青铜打到了荣耀王者——任务没有结束，生存游戏还在继续……

跋语

写给未来：若你初见《红楼梦》……

1

这部书最早还是手稿和抄本的时候，在作者周围的少数人手里流传，与小说文字一起“配套”出现的就是“读法”。雪芹先生在写，脂砚斋先生在旁边指点：该“反着”读，不能“正看”……

后来有了评点本，翻开通常前面都有一篇“《红楼梦》读法”，告诉你——宝玉说“除明明德外无书”，那是全书的“宗旨”，你该想着这个去读……

这一路走过来，几乎所有人都在告诉你：这部书，该这么读，不该那么读……

你已经听了这么多了，那就不需要再听了——这世上有很多事儿，都有“该”和“不该”，但读《红楼梦》，没有“哪种姿势”是不该的。

你可以正着读，反着读，站着读，卧着读——雪芹先生倒是建议过这个姿势，吃饱喝足了卧着看他的书；我小时候不听话，吃饭的时候读——这是个坏习惯，请千万不要效仿，“史太君两宴大观园”和黄焖鱼米饭在我这里直到现在还会产生“联觉”——跟普鲁斯特的小玛德琳蛋糕一样，只是说起来，很不“文学”……

你想怎么读就怎么读。

谁说的哪句话，你听进去了，那就听；不想听，都可以不听。

打开书，开始读——就像喝一杯奶茶，吃一口蛋糕，包装盒上的配料成分表与花花绿绿的广告词，不用太费劲去看，你的舌头会告诉，味道到底怎么样。

尝到味道了，回头再拿起看看“广告语”，结果可能是：果然“醇香”，从此“入坑”。也可能是：不怎么“丝滑”啊？有点儿涩——吹过头儿了吧？

如果你是这一挂的，那基本就不用我多废话了。如果你不是，翻开书的封皮之前需要做心理建设，那么就再听我唠叨两句。

2

首先，我要说，产生抗拒情绪，不是你的问题。

我对我侄子就这样说。

他一个出生在21世纪中国十八线小城普通人家的普通男孩，为什么要去看生在不知道哪个世纪、住在京城花园子里那群不用高考的“富二代”兼“官二代”喝酒作诗，吵架流泪？为什么要去管莫名其妙的“甄士隐”“贾雨村”？

2010版《红楼梦》电视剧开播的时候，演员接受记者采访，被问及读过《红楼梦》原著吗？其中有一个人回答：“读过，我们读的还是文言文的《红楼梦》。”

也不知道她们是从哪里得到的这个“文言本”——听后也就笑笑吧，之所以闹这个笑话，只能说明《红楼梦》与年轻人之间很隔膜，即便他们都以“身外身”演了“梦中梦”，做过“红楼梦里人”了，依然隔膜若此。

如此隔膜，也不是《红楼梦》的问题。

《红楼梦》使用的是与现代汉语几乎没有区别的古代白话，浅白流畅，丰富优美。只是一些语汇，因为生活方式和文化环境的变迁，不一样了。但主人公是少男少女，写的又是从来不曾改变过的青春苦闷与人生困境，此书自诞生后，就没在年轻人那里碰过这么大的钉子。

相当长的一段时间，中国家长都害怕自己年少的儿女读《红楼梦》，读成了宝玉和黛玉，严防死守，可一代代的少男少女们照样偷着看——至少在我少年的时候，就是这样。

中国普通人的生活，也正是在这40年里才真正实现从农业文明模式到现代城市文明模式的改变——即便我们依然有着“广大农村”，那里的孩子，与我侄子这样普通小城里的孩子一样，与北上广深都市“中产阶级生活”场景中的孩子，他们“向往的生活”，也许具体指标上差别很大，但在本质上，没有什么不同。

跨文明形态的变化，使得这部书与年轻人之间的对话难度大大增加了。

如果说在清代乃至民国，这部书对于少年人是草莓樱桃一般诱人的浆果，到了我的年代，还是脆甜多汁的苹果李子梨，对于我侄子他们这代人来说，已然成了椰子。就算成了椰子，也还是有人喜欢，这个时代也有孩子很容易就找到了椰子壳上的“真眼”，钻开就喝到了清甜的椰汁。

其实也就是一些生活语汇的差别，年少的他们何曾惧怕陌生的语汇？霍格沃兹与格兰芬多，无限宝石与潘多拉星，接受起来都没什么难的，他们中有些人甚至愿意去学“克林贡语”，更不要说他们自己发明的、大人需要翻译才明白的“火星文”了。《红楼梦》那点儿陌生感带来的隔膜，对于一部分“锐利”的少年，很容易就突破了，他们迅速在那个世界里，发现了和自己之间存在着的“遥远的相似性”。

但也有些少年，还是需要一些工具和帮助的。

很直接的思路就是替你砸开这个“椰子”——把《红楼梦》删减改写成“摘要”，每章还配有练习题，单选多选填空简答思考题，后面还附有答案。对着《红楼梦》写论文已经够煞风景了，现在生生把它变成了练习册，不知道应对考试是否真的管用——这一点我也很怀疑，但足以使得年轻人对这部书倒尽胃口。

原本该是一场梦幻之旅，现在一人手里塞了本导览手册，印刷得簇新鲜亮，内容却陈腐粗陋，抬头看看前面的导游，指着一堆微缩景观和蜡像人物，讲得正起劲：大家看这里，这是宁荣街，那是大观园，这是黛玉葬花，那是宝钗扑蝶……

我觉得少年们的白眼能翻到天际。至于《红楼梦》，就算以前日子再艰难，心气儿总是有的，从来不曾沦落至此啊。

隔膜已经在了，我们不用回避，也不必害怕，更不要想着能有什么好的近路可以走。《红楼梦》对于今天的少年来说，就是“异域”，就是“另一个世界”，就是跟他们的日常

"断了联结"的"河对岸"。

少年的你，接到了一张任务卡，到对岸去探险。

我花了前面六章，讲了你为什么会接到这张任务卡，所以此时就不必再纠结要不要去了。既然要去，那么装备还是要有的——你需要一艘结实的船。

这唯一的装备，就是一部带有常识性注释的正规出版社出的通行本《红楼梦》。

你现在对《红楼梦》的版本是有概念的了，知道它分为"程本"和"脂本"两大系统。如果你直接选择带脂批的版本看，我也不反对，但是影印本，我劝你还是算了，看起来真的不是很方便。

现在出版的《红楼梦》，除非作为研究资料的，即便以某个脂本为底本，也都会根据程本补全一百二十回。从关键内容上看，两个版本系统的最大区别，就是故事开始的那块石头，脂本系统中只是跟着神瑛侍者下凡经历了一番；在程本中石头则变幻成为人形，跑去赤霞宫，当了神瑛侍者。

石头与神瑛侍者是一体，还是二分，孰优孰劣，各有观点。你以后也会有自己的看法，但现在这个阶段，对你读这本书来说，无关宏旨。

我的私家观点，认为石头与神瑛侍者，分开的设定要好一些，也就是脂本的设定更好。至于为什么，那就说起来话长了，可以专门再写一本书。简单来说，我认为程本对于脂本的改造，其实是常规的才华与理解力对于逾越常规的罕见的独创性的一次整饬与规训。

程本除了纠正个别传抄过程中出现的错漏词句，主要就是对前八十回中他认为分裂、破损的情节进行“缝合”，建构因果关系相对清晰的情节链条，用后四十回努力接近原初设定，哪怕有时候是“阳奉阴违”，但还是给出了与开篇定下的基调相对一致的结局。

用一语“造伪”抹杀程本的价值，是不公平的。程本后四十回与其他明清世情小说比，依然是高水准的文字，与非把黛玉从棺材里扶起来和宝玉团圆的别的续书比，依然是深刻的。续书作者的才华和用心应该得到肯定，特别是对曹雪芹原有的精神意旨的认同与追模，更值得尊敬与感激。

我承认续书是事实，但我同样接受《红楼梦》目前的“文本事实”——这也是很多经典共同的处境。再说，《红楼梦》又不是《民法典》，字句不同会牵连万千人的利害，自己心里有自己的判断就行了。

至于少年的你，你只要买一部印刷良好、注释准确的正规出版物，一般书名前面没有什么定语，书皮上也没有太多的广告语的，我会觉得更可靠一点儿。至于它的底本是程乙本还是庚辰本，对于你的首航来说，不会产生什么影响。

我把这部书看作你的装备，而不是目的地——是的，你知道有个成语叫“得鱼忘筌”吧？你要的是鱼，这部书只是那个用来捞鱼的竹篓子。

出发之前，我只有一句嘱咐：放轻松，好好玩！

3

放轻松，因为你要加入的是一场“游戏”。

我是从一位“00后”小朋友那里知道他们有一种游戏，叫作“人生设定”。你可以像设定游戏人物一样设定自己的人生：譬如出生地、身高、长相——也就是颜值，才能高低，父母身份，伴侣是谁，学什么专业，从事什么职业……然后和自己的真实情况进行对比打分，现实中的你和人生设定中的你，重合度有多高，你的幸福值就有多高——活在自己“人生设定”中的人是最幸福最成功的。

《红楼梦》讲述的，就是一个这样的“人生设定”游戏。

那块给我们讲故事的石头及它的宿主（或化身）神瑛侍者，在降临人世之前，选择了近乎完美的人生设定：最繁荣富强文明安定的国家和时代——昌明隆盛之邦；最高贵的家庭背景——钟鸣鼎食之家；最优渥快乐的生活环境与丰富细腻的情感关系——花柳繁华地温柔富贵乡；自己高颜值，高情商，高智商，还有个性，有才华，有意思——尤其最后一点儿，有趣是多么宝贵！

他于是就成了《红楼梦》的男主人公贾宝玉。

故事，或者更准确地讲，小说，与游戏的根本不同之处在于：游戏的过程，就是设定生效的过程；而小说恰恰相反，展现的通常是设定失效的过程。

这个游戏是反着打的——不过，这跟真实世界的设定，却是一致的。

现实的人类世界，有些时候，偶尔会像游戏那样显得可控；但更多的时候，甚至绝大多数的时候，它更接近小说，它是复杂的，充满不确定性，是不可控的。这就是为什么一代又一代人在读小说的原因——那些伟大的虚构故事中，藏着人类的真相。

面对《红楼梦》这样的小说，你心里要有点儿数儿。其实跟着这部书一路走来，你或许已经发现了，“《红楼梦》该怎么读”这个问题，是另外一个问题的变形，那就是“《红楼梦》表达的是什么”。

任何人给出的上面两个问题的答案，都是“别人”的答案，不是《红楼梦》的答案，也不是曹雪芹的答案。

曹雪芹要是想给你这么一个三言两语能说清楚的答案，他犯得着搭上性命哭干眼泪写七八十万字的小说吗？他直接告诉你不就得啦！

之所以要写成小说，不是要“告诉你什么”，而是想让你在体验之中，“想起来些什么”。

《红楼梦》不是谜语，所以不会有一个固定的谜底等在后面。《红楼梦》是镜子，或者你也可以把它当成文字生成的“VR”——虚拟现实，每个读者进入它的场景中之后，开启的是一场“人生模拟体验”，每个人的收获都会不一样的。

你也看到了，有那么多聪明的头脑面对这部书，说了那么多千差万别的话，我只希望你能明白一点，比起判断谁对谁错，更重要的是，你开始理解，同一件事物原来在不同的人眼里会这么地不同。

少年的你，站在成人世界的门槛上，如果你对人生的真实与残酷还一无所知，那显然你是“幸福”的，当然，也是让人担忧的。小概率不幸事件，那是“事故”，人生真正的残酷，未必都是血淋淋的，未必都跟眼泪有关，更多的时候，它无声无息，譬如每个人都要面对的“失去”这一事实。

在你准备去赢整个世界之前，先理解一下“失去”这件事，算是提前增强免疫，获得抗体。免得多年之后，你才发现，少年时某个夏天被“失去”割伤的口子，竟然从未真正痊愈，数十年精神情感都在因为它“感染发炎”，甚至染上致命的“破伤风”“败血症”……

《红楼梦》不提供办法——如何应对“失去”，里面的人物都不是很有办法；但《红楼梦》提供启示：“葬花”不是办法，“赤条条来去无牵挂”也不是办法；拼命地捞钱踩着别人向上爬不是办法，冷口冷心也不是办法……也许，你想一想，自己就有了自己的办法。

你从来不缺告诉你该怎么办的人——父母、老师、各种书，你听到的道理够多了，不需要再多一部《红楼梦》告诉你怎么办。不过《红楼梦》可以为你提供一个“试验场”，把你听到的道理放在里面检验检验，免得还没到30岁，就开始学着别人感慨：懂了那么多的道理，可还是过不好这一生……

4

好好玩——有三点“攻略”，仅供参考。

第一条，是你很熟悉那句歌词：策马奔腾，共享人世繁华。

对，鲜衣怒马，信马由缰，一日观尽长安花。只管跑，觉得好看的地方，多待一会儿，觉得无趣沉闷的地方，看一眼，跳过去。

当然，这么跑一圈儿下来，肯定会错过一些东西，甚至是很重要的东西，但不过不要紧，你和这部书打过交道了，彼此都有些了解，成不成朋友再说，至少算是熟人了。

第二条，找到“梦”的感觉，享受它。

你愿意停留的地方，就是“梦”开始的地方。

“梦”在汉语中是一个非常神奇的词，从庄周梦见自己变成的蝴蝶开始，这个字翩然飞过长长的数千年中华历史，落在这部小说的封皮上。

“梦”的感觉，是略带沉溺感的思考和审视，它是审美的，也是哲思的，不过不要介意这两个略显“生硬”的名词，只管去体会吧。

你会在体会“梦”的过程中培养自己的情感能力。

是的，情感是一种能力，而且是一种综合能力，综合体现你的认知所能达到的高度和宽度，你所有的教育——家庭教育、学校教育、社会教育和你绵延一生的自我教育，都将通过这一点来实现。

《红楼梦》是曹雪芹动用他之前全部的中国思想资源和文学遗产进行的叙事冒险，他在这部书里对人类的各种情感进行了细致的探索和追问。现代遗传学和生物学告诉我们，我们的身体与住在山洞里的祖先并没有什么本质不同，现代心理学和社会学告诉我们，我们的心灵，也是如此。

情感能力，只有在“知”化为“行”的过程中才能获得，单纯的训诫和灌输，是培养不出来的。除了和真实的别人产生联结时能够获得，还有一种“模拟实践”，就是在叙事中体验和学习。《红楼梦》是一个很好的“模拟训练场”。

说好的玩呢？怎么又变成了教育？嗯，你以为游戏的本质是什么？包括那些给你投喂即时满足的最简单的卡牌游戏——那也是教育，是娱乐资本对你的强力训诫——使你越来越不自由的“不好的教育”而已。

好的教育，应该是让你的身心越来越自由的游戏。

第三条，到了这个时候，你也许可以停下来，回头看看自己跳过去的是什么，想想自己为什么会跳过去。

这个过程其实是对自己脑子里的“存货”进行一次检查。

譬如，在第二回中，你遇到这样一大段话，多半会扫一眼，有点儿懵，就跳过去了——跳过去也并不影响你读后面的情节。

雨村道："天地生人，除大仁大恶两种，余者皆无大异。若大仁者，则应运而生，大恶者，则应劫而生。运生世治，劫生世危。尧、舜、禹、汤、文、武、周、召、孔、孟、董、韩、周、程、张、朱，皆应运而生者。蚩尤、共工、桀、纣、始皇、王莽、曹操、桓温、安禄山、秦桧等，皆应劫而生者。大仁者，修治天下；大恶者，扰乱天下。清明灵秀，天地之正气，仁者之所秉也；残忍乖僻，天地之邪气，恶者之所秉也。今当运隆祚永之朝，太平无为之世，清明灵秀之气所秉者，上至朝廷，下及草野，比比皆是。所余之秀气，漫无所归，遂为甘露，为和风，洽然溉及四海。彼残忍乖僻之邪气，不能荡溢于光天化日之中，遂凝结充塞于深沟大壑之内，偶因风荡，或被云催，略有摇动感发之意，一丝半缕误而泄出者，偶值灵秀之气适过，正不容邪，邪复妒正，两不相下，亦如风水雷电，地中既遇，既不能消，又不能让，必至搏击掀发后始尽。故其气亦必赋人，发泄一尽始散。使男女偶秉此气而生者，在上则不能成仁人君子，下亦不能为大凶大恶。置之于万万人中，其聪俊灵秀之气，则在万万人之上，其乖僻邪谬不近人情之态，又在万万人之下。若生于公侯富贵之家，则为情痴情种；若生于诗书清贫之族，则为逸士高人；纵再偶生于薄祚寒门，断不能为走卒健仆、甘遭庸人驱制驾驭，必为奇优名倡。如前代之许由、陶潜、阮籍、嵇康、刘伶、王谢二族、顾虎头、陈后主、唐明皇、宋徽宗、刘庭芝、温飞卿、米南宫、石曼卿、柳耆卿、秦少游，近日之倪云林、唐伯虎、祝枝山，再如李龟年、黄幡绰、敬新磨、卓文君、红拂、薛涛、崔莺、朝云之流，此皆易地则同之人也。”

如果你根本不知道这个贾雨村长篇大套地说的是什么，那是因为这些文字所召唤的那些东西，很可能根本不在你的脑子里。

这是《红楼梦》很重要的一个玩法，就是它随时还会派发很多小的任务卡，指引着你去完成更多的任务。

当然，你可以往下看看注释，也会知道是什么意思，但如果你愿意，它很可能会引导你走得很远很远。

就拿这段话来说。如果你肯多想一下，在你生活的这个文化共同体里，你即便不理解，你也会知道，人们经常会说“气”——这肯定指的不是空气，那它是个什么东西？

譬如家里人会把你脸上长“痘痘”，称作“有火气”，你还会听到一些词，“朝气蓬勃”“暮气沉沉”“邪气”“正气”……你若多想一下，查一查，找一找，你就会发现这个“气”，是中国古代很重要的哲学概念。

如果有兴趣，你不妨以这段话里的很多词语作为引导，一路追索下去：“气”“大仁”“大恶”“运”“劫”“治”“乱”……你可能会遇到很多解释，也可能会遇到别的书，但不要轻易在任何人给定的解释上停留，穷尽根源，搭配上他列出的作为例证的长名单，逐个了解那些人物，揣摩为什么选择这些人——这段话弄下来，你差不多就等于修了一门“中国哲学思想史”。

当然，这种进阶玩法，你未必一定要去做，但《红楼梦》的确提供了这样的空间。《红楼梦》会被看成中国传统文化的“集大成之作”。这些话通常会有些吓人，以为这部书里藏着深不见底、包罗万象的知识。其实恰恰相反，它就是部小说。曹雪芹厉害的地方，是他编织的叙事架构随时随地在召唤阅读者原有的经验和积累。这也就是为什么学养越深厚的大家，越会喜欢《红楼梦》的原因。

多说一句，《红楼梦》里的“知识”，恰恰是不可信的。药方、菜谱都是“中看不中用”的，就连芒种“饯花神”的风俗，都是曹雪芹替大观园里的女孩子们“创设”的。但这是小说的天然权利——小说不提供一般意义上的“知识”，小说甚至可以“虚构”知识，它服务于更高层面的真实。

另一个有趣的玩法，就是发现这部书里的“假知识”，看看你能发现多少。你发现得越多，你真正的知识积累就越强，你对自己生活的这个文化共同体，也就理解得就越深。

少年的你若能在这场探险之中，与《红楼梦》结下缘分，它的世界所负载的能量，所能给你的加持，不只在当下有效，还会随着岁月的增加，越来越强。

5

最后还有一些私房话，说给那些如我少年时代一样，一眼就爱上了《红楼梦》，在青春岁月中颇为之着迷的你。

其实我并不会过分担心，即便着迷，在“后现代”语境中成长的你，对于虚无和解构性话语非常熟悉，“活着是一场幻觉”“人间不值得”“终究是错付了”……这些话你们也不会认真说，只是当笑话说，你们惯会消解，所以你们会看着“林撑撑的日常”，笑着刷起弹幕。

我根本不担心你们中谁去“葬花”，要是这部书能让你们从大小液晶屏幕前挪开眼睛，听一听风中的叶声，看一看雨后的落花，就已经是无量功德了。

但我想，万一有一些人，哪怕只有一个人，因为那一丝悲凉，产生了某种困扰——那我这些话，就不算多余吧。

《红楼梦》中弥散着一种带有巨大魅惑力的哀感，这是它美和动人的地方，也是会让你沉陷或者耽溺其中的地方。鲁迅先生所谓的“悲凉之雾，遍布华林”，呼吸领会的不只有宝玉，还有读着宝黛心事的年少的你。

如果你读这部书的时候，感觉到了极致的美与哀，也许还感觉到宿命感和虚无感带来的无力，觉得迷惘与忧伤……请暂时放下书，对自己说：这是好事，说明自己是个敏感的人，拥有强大的共情能力——不要把悲哀看成绝对负面的情绪，它很可能是非常正向力量的来源，比起廉价快乐与麻木压抑，要更为健康。

宿命感与虚无感，不等于宿命与虚无。

感觉到，会产生警惕。不要怕，所有人都会有这样的时刻，始终高亢地握着拳头喊着口号度过每一天的，只有传销组织成员和邪教信徒。

《红楼梦》里的命运册子，是艺术设定，是小说家的“说辞”，不是算命先生的卦辞。在判词旁边，脂批有六个字，“非时也，非地也”。时间不对，空间不对——个体自我发展的诉求与其身处的历史发展阶段和社会文化空间之间有冲突，冲突尖锐到以至于湮灭个体的精神甚至肉体，悲剧就诞生了。

这个瞬间，也许是你开始触及人生真正的大问题的开始，你可以就此去读那本书名就叫《大问题》的哲学入门读物，也许可以看看莎士比亚、托尔斯泰以及博尔赫斯……出去转转，再回过来看《红楼梦》，你会发现，这是大家都在处理的人类共同的根本问题。

意义之所以能够生成，就在于有“虚无”这种东西需要对抗。此时的你，也许并不急着选定某一种意义，但至少有过见识的你，不会轻易被一些廉价甚至虚假的“意义”欺骗。

最后一点，你需要想一下，很可能《红楼梦》只是镜子，照出了你真实生活中的某些迷惘与困惑，照出了你隐藏的心理问题或者现实问题。如果你愿意向父母老师同学同事朋友寻求帮助，共同面对和解决这些问题，当然好。如果没有人可求助，或者不愿意求助，《红楼梦》这时其实提供了纾解通道，提供了慰藉和陪伴，它不是你问题的来源，反而很可能是你问题的去处——解决不了，可以暂时悬置，转头望向更远的地方……

庚子年秋分

附　录

第一章

访曹雪芹不值

敦敏

野浦冻云深，柴扉晚烟薄。

山村不见人，夕阳寒欲落。

题芹圃画石

敦敏

傲骨如君世已奇，嶙峋更见此支离。

醉余奋扫如椽笔，写出胸中块垒时。

赠芹圃

敦敏

碧水青山曲径遐，薜萝门巷足烟霞。
寻诗人去留僧舍，卖画钱来付酒家。
燕市哭歌悲遇合，秦淮风月忆繁华。
新愁旧恨知多少，一醉毡毺白眼斜。

小诗代简寄曹雪芹

敦敏

东风吹杏雨，又早落花辰。
好枉故人驾，来看小园春。
诗才忆曹植，酒盏愧陈遵。
上巳前三日，相劳醉碧茵。

（据《懋斋诗抄》）

说明：

《懋斋诗抄》为抄本，有（北京）文学古籍刊行社 1955 年影印本，上海古籍出版社 1984 年重印本。

赠曹雪芹

敦诚

满径蓬蒿老不华，举家食粥酒常赊。
衡门僻苍愁今雨，废馆颓楼梦旧家。
司业青钱留客醉，步兵白眼向人斜。
何人肯与猪肝食，日望西山餐暮霞。

挽曹雪芹

敦诚

四十萧然太瘦生，晓风昨日拂铭旌。
肠回故垅孤儿泣，泪迸荒天寡妇声。
牛鬼遗文悲李贺，鹿车荷锸葬刘伶。
故人欲有生刍吊，何处招魂赋楚蘅。

开箧犹存冰雪文，故交零落散如云。
三年下第曾怜我，一病无医竟负群。
邺下才人应有恨，山阳残笛不堪闻。
他时瘦马西州路，宿草寒烟对落曛。

（据《鹪鹩庵杂记》）

说明：

《鷦鷯庵杂记》为敦诚诗的一个抄本，被人收藏后失落，周绍良早年录有副本，部分是入吴恩裕《四松堂集外诗辑》。《赠曹雪芹》诗入《四松堂集》。

《挽曹雪芹》第一首收入《四松堂集》时有改动，如下：

四十年华付杳冥，哀旌一片阿谁铭？

孤儿渺漠魂应逐（前数月，伊子殇，因感伤成疾），新妇飘零目岂瞑？

牛鬼遗文悲李贺，鹿车荷锸葬刘伶。

故人唯有青衫泪，絮酒生刍上旧坰。

怀曹芹溪

张宜泉

似历三秋阔，同君一别时。

怀人空有梦，见面尚无期。

扫径张筵久，封书畀雁迟。

何当常聚会，促膝话新诗。

题芹溪居士

张宜泉

爱将笔墨逞风流，庐结西郊别样幽。

门外山川供绘画，堂前花鸟入吟呕。

羹调未羡青莲宠，苑召难忘立本羞。

借问古来谁得似，野心应被白云留。

和曹雪芹《西郊信步憩废寺》原韵

张宜泉

群诗帝未等闲吟，破刹今游寄兴深。

碑暗定知含雨色，墙堧可见补云阴。

蝉鸣荒径遥相唤，蛩唱空厨近自寻。

寂寞西郊人到罕，有谁曳杖过烟林。

伤芹溪居士

张宜泉

谢草池边晓露香，怀人不见泪成行。

北风图冷魂难返，白雪歌残梦正长。

琴里坏囊声漠漠，剑横破匣影铓铓。

多情再问藏修地，翠叠空山晚照凉。

（见《春柳堂诗稿》）

题红楼梦二十首

富察·明义

曹子雪芹出所撰《红楼梦》一部，备记风月繁华之盛，盖其先人为江宁织府，其所谓“大观园”者，即今随园故址。惜其书未传，世鲜知者。余见其钞本焉。

其一

佳园结构类天成，快绿怡红别样名。

长槛曲栏随处有，春风秋月总关情。

其二

怡红院里斗娇娥，娣娣姨姨笑语和。

天气不寒还不暖，曈昽日影入帘多。

其三

潇湘别院晚沉沉，闻道多情复病心。

悄向花阴寻侍女，问他曾否泪沾襟。

其四

追随小蝶过墙来，忽见丛花无数开。

尽力一头还两把，扇纨遗却在苍苔。

其五

侍儿枉自费疑猜，泪未全收笑又开。

三尺玉罗为手帕，无端掷去又抛来。

其六

晚归薄醉帽颜欹，错认猧儿嗔玉狸。

忽向内房闻语笑，强来灯下一回嬉。

其七

红楼春梦好模糊，不记金钗正幅图。

往事风流真一瞬，题诗赢得静工夫。

其八

帘栊悄悄控金钩，不识多人何处游。

留得小红独坐在，笑教开镜与梳头。

其九

红罗绣缬束纤腰，一夜春眠魂梦娇。

晓起自惊还自笑，被他偷换绿云绡。

其十

入户愁惊座上人，悄来阶下慢逡巡。

分明窗纸两珰影，笑语纷絮听不真。

其十一

可奈金残玉正愁，泪痕无尽笑何由。

忽然妙想传奇语，博得多情一转眸。

其十二

小叶荷羹玉手将，诒他无味要他尝。

碗边误落唇红印，便觉新添异样香。

其十三

拔取金钗当酒筹，大家今夜极绸缪。

醉倚公子怀中睡，明日相看笑不休。

其十四

病容愈觉胜桃花，午汗潮回热转加。

犹恐意中人看出，慰言今日较差些。

其十五

威仪棣棣若山河，还把风流夺绮罗。

不似小家拘束态，笑时偏少默时多。

其十六

生小金闺性自娇，可堪磨折几多宵。

芙蓉吹断秋风狠，新诔空成何处招。

其十七

锦衣公子茁兰芽，红粉佳人未破瓜。

少小不妨同室榻，梦魂多个帐儿纱。

其十八

伤心一首葬花词，似谶成真自不知。

安得返魂香一缕，起卿沉痼续红丝？

其十九

莫问金姻与玉缘，聚如春梦散如烟。

石归山下无灵气，纵使能言亦枉然。

其二十

馔玉炊金未几春，王孙瘦损骨嶙峋。

青娥红粉归何处，惭愧当年石季伦。

（《绿烟琐窗集》七言绝句，据上海古籍出版社 1984 年重印本。）

第三章

《庸闲斋笔记》卷八　　陈其元　著

淫书以《红楼梦》为最，盖描摹痴男女情性，其字面绝不露一淫字，令人目想神游，而意为之移，所谓大盗不操戈矛也。丰润丁雨生中丞巡抚江苏时，严行禁止，而卒不能绝，则以文人学士所好之故。余弱冠时读书杭州，闻有某贾人女，明艳工诗，以酷嗜《红楼梦》，致成瘵疾。当绵惙时，父母以是书贻祸，投之火，女在床，乃大哭曰："奈何烧煞我宝玉！"遂死，杭州人传以为笑。

《红楼梦说梦》（选录）　　二知道人　著

蒲聊斋之孤愤，假鬼狐以发之；施耐庵之孤愤，假盗贼以发之；曹雪芹之孤愤，假儿女以发之：同是一把酸辛泪也。

古今皆梦也：功列旂常，名垂竹帛，正梦也；福泽将至，征兆先成，吉梦也；庄周栩栩为蝶，幻梦也；郑人蕉隍覆鹿，寤梦也。至于轻丝帽影，老于风尘，此梦之劳者也；结庐在廉让之间，倚树而吟，据槁梧而瞑，不复问尘市事，此梦之清者也。外此则噩梦、觭梦、喜梦、惧梦、妖梦，莫不有寓目之兆焉，而最易沉酣者，红楼梦也。雪芹一生无好梦矣，聊撰《红楼梦》。以残梦之老人，唤痴梦之儿女耳。《邯郸梦》《红楼梦》同是一片婆心。玉茗先生为飞黄腾达者写照，雪芹先生为公子风流者写照，其语颇殊，然其归一也。

盲左、班、马之书，实事传神也；雪芹之书，虚事传神也。然其意中，自有实事，罪花业果，欲言难言，不得已而托诸空中楼阁耳。或问于予曰："雪芹之书，历叙侯门十余年之事，非若《邯郸》《南柯》一刹那之幻梦耳，不名《红楼记》而曰《红楼梦》，何也？"予曰："梦者见之谓之真，真者见之谓之梦。雪芹姑妄言之，亦雪芹之梦耳。仆阅雪芹之书，而感慨系之，复梦雪芹之梦耳，仆仍是梦中人也。梦与不梦，仆所不能辨也。"

《红楼》情事，雪芹记所见也。锦绣丛中打盹，佩环声裏酣眠，一切靡丽纷华，虽非天上，亦异人间，深山穷谷中人未之见亦未之闻也。设为之说雪芹之书，其人必摇首而谢曰："子其愚我也！子其聋我也！子其盲我也！人间世何能作如是观哉？”

《红楼梦》有四时气象：前数卷铺叙王谢门庭，安常处顺，梦之春也。省亲一事，备极奢华，如树之秀而繁阴葱茏可悦，梦之夏也。及通灵玉失，两府查抄，如一夜严霜，万木摧落，秋之为梦，岂不悲哉！贾媪终养，宝玉逃禅，其家之瑟缩愁惨，直如冬暮光景，是《红楼》之残梦耳。

雅爱左氏叙鄢陵之战：晋之军容，从楚子目中望之，楚之军制，从楚人苗贲皇口中叙之，如两镜对照，实处皆虚，所以为文章鼻祖也。雪芹先生得其金针，写荣国府之世系，从冷手兴闲话时叙之；写荣国府之门庭，从黛玉初来时见之；写大观园之亭台山水，从贾政省功时见之。不然，则叙其世系适成贾氏族谱，叙其房廊不过此房出卖帖子耳。雪芹锦心绣口，断不肯为此笨伯也。

好事者游览名胜，每于亭台之式样，山水之回环，杼轴予怀，臣有粉本矣。大观园之结构，即雪芹胸中邱壑也：壮年吞之于胸，老去吐之于笔耳。吾闻雪芹，缙绅裔也，使富侔崇、恺，何难开拓其悼红轩，叠石为山，凿池引水，以供朋侪游憩哉？惜乎绘诸纸上，为亡是公之名园也。

雪芹所记大观园，恍然一五柳先生所记之桃花源也。其中林壑田池，于荣府中别一天地，自宝玉率群钗来此，怡然自乐，直欲与外人间隔矣。此中人呓语云，除却怡红公子，雅不愿有人来问津也。宝玉与姊妹同居园内，遵元妃命也。《礼》云：“男女不杂坐，不同椸枷，不同巾栉。”又云：“男女不通衣裳。”亦圣人杜渐防微之意也。宝玉其能畏圣人之言乎？

小说家之结构，大抵由悲而欢，由离而合，引人入胜。《红楼梦》则由欢而悲也，由合而离也。非图壁垒一新，正欲引人过梦觉关耳。

雪芹先生博于材艺，不独诗古文词各臻娴熟，篇中所叙弹琴作画，双陆围棋，以及医理大六壬之类，无所不通。然《红楼梦》之妙处，固不在此。

荣国府荣禧堂对联款云："同乡世教弟勋袭东安郡王穆莳拜手书。"有荣府之世派，自应有如此大人物为之题联。若悬之薄宦之家，不称其屋，亦不足为荣。乃时见《笑史》云：有一贫妪病故，其子求一文学为母缮写神主，并恳其写得冠冕堂皇，方足以夸耀亲友。文学闻之，不忍斥其愚妄，构思良久，忽振笔大书云："诰授光禄大夫、文华殿大学士、兼吏部尚书、前任云贵、两广总督隔壁王嬷嬷之神主。"由是观之，可知借光皆隔壁账也。

宝玉、黛玉，意中之姻缘也，而姻缘终假；宝玉、宝钗，意外之姻缘也，而姻缘转真。假姻缘，死别矣，真姻缘，能无生离乎？"假作真时其亦假，无为有处有还无。"警幻仙姑固已标题在昔矣，梦中人特未知之耳。

女娲所弃之石，谅因其炼之未就也，乃遇茫茫大士、渺渺真人携之到花柳繁华之地，温柔富贵之乡，殆以繁华富贵为炉，加之百炼乎？今而知宝玉之性情温婉化为绕指柔也，终焉决绝直化作切梦刀矣。宝玉入则金钗十二，兰麝生心，出则裘马甚都，仆从如虎，翩翩然佳公子也，被人看煞矣。而孰知其真面目乃大荒山之一块石哉？咄咄怪事！

宝玉无夜郎自大之习，所以有怜香惜玉之温存；无祖生先我之忧，所以有弄粉调脂之闲暇。宝玉之待十二钗，必个个以香花供养之，方不亵渎老天灵秀之气。千金买笑，直等闲事耳，又何足道！

宝玉能得乘女子之心者，无他，必务求与女子之利，除女子之害。利女子乎即为，不利女子乎即止。推心置腹，此众女子所以倾心事之也。推其术以抚民，可以入循吏传矣。

宝玉一视同仁，不问迎、探、惜之为一脉也，不问薛、史之为亲串也，不问袭人、晴雯之为侍儿也，但是女子，俱当珍重。若黛玉，则性命共之矣。

宝玉之痴情于黛玉，刻刻求黛玉知其痴情，是其痴到极处，是其情到极处。

宝玉，人皆笑其痴，吾独爱其专一。昔痀偻丈人承蜩，用志不纷，乃凝于神，是专而痴者也；商邱开入火不焦，入水不汤，心一而已，是一而痴者也：皆不得为真痴。即云痴，其痴可及也。宝玉之钟情黛玉，相依十载，其心不渝，情固是其真痴，痴即出于本性。假使黛玉永年，宝玉必白头相守，吾深信之，吾于其痴而信之。今之士女，特患其不痴耳。

宝玉独行踏雪款拢翠禅阁，向妙玉乞得红梅数枝，手执而归。此时逸趣横生，诗情未发，回顾琳宫，多谢女菩萨含笑拈花示也。

宝玉之别父母，似老杜《无家别》；宝玉之别宝钗，似老杜《新婚别》。皈依三宝，何啻从军。

司空图诗云：“花落梦无聊。”可为宝玉悼林写照。世之爱流成海，情尘为岳者，昙花一现，转眼成空，谁此无聊之梦哉？司空之诗境，婉而多风矣。

宝玉去则去耳，必博一第而后去，岂留此科名以慰其亲耶？猗嗟！使宝玉永终子职，取青紫如拾芥诚足博其堂上欢。既飞遁矣，则虚名适丧明之助。况乎西方选佛，断不重此科名，则宝玉濒行时，亦徒受三场之苦耳，何益乎？

大观园与吕仙之枕窍等耳。宝玉入乎其中，纵意所如，穷欢极娱者，十有九年，卒之石破天惊，推枕而超，既从来处来，仍从去处去，何其暇也。若夙根不厚，置身富贵场中，惊怖烦恼，不啻地狱境界，有求为贫民而不可得者。呜呼！众生奈何祷祀而求愿入吕仙之枕窍？

宝钗外静而内明，平素服冷香丸，觉其人亦冷而香耳。

按律文：两姨结亲者，笞四十。岂世家大贾遂不之禁哉？金玉之姻缘，皆熙凤之诡诈，百年鸳偶，何可以李代桃僵，致令其夫远窜于青埂峰头，其妇独守于茜纱窗下。追求其故，强作之合也，宜以笞罪罪其冰人。

仆尝梦游于潇湘之馆，但见琅玕万个，玉立森森，翠浸帘波，枝筛日影。此君相对，正欲发长啸声，倏忽间昧色笼烟，潜入夜矣。黑云飞来，浓阴如漆，雨惊我心，风感我肌，澎湃凄其，令人骇叹。心念居是馆者，枕边之泪，自如断贯珠、修绠縻矣。仆亦顿瘖。天朗气清，然耳中尚闻有飒飒声也。

黛玉美而善为疾态，殊可人怜。荷锄葬花，开千古未有之奇，固属雅人深致，亦深情者有托而然也。

唯是花落于茵者，女公子扫而葬之，至于关篱落而坠于溷者，女公子亦将沐而薰之，瘗之净土乎？千古伤心人同声一哭矣。

黛玉以一生眼泪还宝玉灌溉之恩，固是还得过矣，但每一还之，宝玉则无可如何，有大难为情之状。

吾愿人人以宝玉为鉴，慎毋见草之偏，反有情而轻施甘露也。抑仆更有疑焉者：每见鸠盘老妪，无绛珠之可爱，实滋蔓之难图，往往挥涕如雨，呼天吁地，岂亦有人焉竟浇灌及之耶？

史湘云纯是晋人风味。

荣府细小数百人，其中胸无城府，一片天真者，上有史湘云，下有傻大姐耳。然湘云乃葭莩亲，非荣府中人也，其实傻大姐一人而已。太璞能完者，宁可多得哉！

刘老老在荣府中谈乡村事，在乡村中自必谈荣府事。始而谈其繁华气象，既而谈其衰飒光景，是又一春梦婆矣。

雪芹写出一甄宝玉者，恐阅者误以贾宝玉为绝特也。笔下之假宝玉只此一人，世上之真宝玉正复不少，所以甄宝玉之模样与贾宝玉同，甄宝玉之举止议论皆与贾宝玉同。女娲所炼之石，尽人情缘矣。

“女儿是水做的骨肉，男人是泥做的骨肉。”此宝玉奇论也，乃宝玉欺人语也。秦钟、蒋玉函之骨肉，还是泥做的？还是水做的？若谓是泥做的，宝玉固爱之如女儿；若谓是水做的，秦、蒋之子固伟男也。予特兼而名之曰“泥水匠”。

贾赦色中之厉鬼，贾珍色中之灵鬼，贾琏色中之饿鬼，宝玉色中之精细鬼，贾环色中之偷生鬼，贾蓉色中之刁钻鬼，贾瑞色中之馋痨鬼，薛蟠色中之冒失鬼。

宝玉如主司，十二钗如应试诸生，中式则为妻为妾，不中则另觅良缘。迎、探、惜似回避不能入闱者。湘云、李纹、李绮似不肯作第二人想，竟不入闱。宝琴许字于梅翰林家，似隔省游学之生，偶然到此，例不入闱。紫鹃、莺儿似已列副车，临榜忽被磨勘。袭人似关节而中副车。宝钗似顶替而侥幸中式。园外诸婢，则又似录遗无名，欲观光而不得者。至宝玉去不复返，恍如落第诸生目送主司之旌节矣，岂不大可痛哉？

太史公纪三十世家，曹雪芹只纪一世家。太史公之书高文典册，曹雪芹之书假语村言，不逮古人远矣。然雪芹纪一世家，能包括百千世家，假语村言不啻晨钟暮鼓，虽稗官者流，宁无裨于名教乎。况马、曹同一穷愁著书，雪芹未受宫刑，此又差胜牛马走者。

雪芹先生亦梦中身也。开眸四顾，地非邯郸，闲弄笔头，无非漫兴，委婉达痴儿之意，思量写处子之心，艳语生香，柔情欲滴矣。何物管城，生出如许之碧桃红药哉？

雪芹先生把笔作《红楼梦》时，结习未除，花犹着体也。稗史告竣，结习除矣，极妍尽态，总是空花，又安得着其体乎？

览过《红楼梦》后，萦念其珠围翠绕者，钝根人也。览过《红楼梦》后，顿悟其色即是空者，解脱人也。

宝玉在贾政船头拜毕，僧道挽之，作歌而去，曲终人不见矣。叹天地之委蜕者，篷窗危坐，唯望江上之数峰青耳。

览《红楼梦》者，至宝玉出家后，多不忍卒业。陈文贞公廷敬邯郸道中诗云："却怜朝市纷纷客，怕说卢生梦醒时。"俗情大抵如是，宁知醒后之乐，较胜于梦中之乐乎？翻过筋斗者知之。

汤临川先生云："梦了为觉，情了为佛。"宝玉悬崖撒手，宝玉之梦觉矣，宝玉之情了矣。吾不知其情了之后，为佛耶？为石耶？为神瑛侍者耶？抑仍返灵河崖上浇灌其绛珠仙草耶？迷离惝恍（去水加心），信乎欲辩已忘言矣。

（嘉庆十七年解红轩刊本）

《红楼评梦》(选录)　诸联　著

作者无所不知，上自诗词文赋，琴理画趣，下至医卜星相，弹棋唱曲，叶戏陆博诸杂技，言来悉中肯棨。想八斗之才，又被曹家独得。

全部一百二十回书，吾以三字概之，曰真，曰新，曰文。

书本脱胎于《金瓶梅》，而亵嫚之词，淘汰至尽。中间写情写景，无些黠牙后慧。非特青出于蓝，直是蝉蜕于秽。

凡值宝、黛相逢之际，其万种柔肠，千端苦绪，一一剖心呕血以出之，细等缕尘，明如通犀。若云空中楼阁，吾不信也；即云为人记事，吾亦不信也。

凡稗官小说，于人之名字、居处、年岁、履历，无不凿凿记出，其究归于子虚乌有。是书半属含糊，以彼实者之皆虚，知此虚者之必实。

自古言情者，无过《西厢》。然《西厢》只两人事，组织欢愁，摛词易工。若《石头记》，则人甚多，事甚杂，乃以家常之说话，抒各种之性情，俾雅俗共赏，较《西厢》为更胜。

总核书中人数，除无姓名及古人不算外，共男子二百三十二人，女子一百八十九人，亦云夥矣。

园中诸女，皆有如花之貌。即以花论，黛玉如兰，宝钗如牡丹，李纨如古梅，熙凤如海棠，湘云如水仙，迎春如梨，探春如杏，惜春如菊，岫烟如荷，宝琴如芍药，李纹、李绮如素馨，可卿如含笑，巧姐如荼蘼，妙玉如檐卜，平儿如桂，香菱如玉兰，鸳鸯如凌霄，紫鹃如蜡梅，莺儿如山茶，晴雯如芙蓉，袭人如桃花，尤二姐如杨花，三姐如刺桐梅。而如蝴蝶之栩栩然，游于其中者，则怡红公子也。

昔贤诏人读有用书，然有用无用，不在乎书，在读之者。此书传儿女闺房琐事，最为无用，而中寓作文之法，状难显之情，正有无穷妙义。不探索其精微，而概曰无用，是人之无用，非书之无用。

头脑冬烘辈，斥为小说不足观，可勿与论矣。若见而信以为有者，其人必拘，见而决其为无者，其人必无情。大约在可信可疑、若有若无间，斯为善读者。

人至于死，无不一矣。如可卿之死也使人思，金钏之死也使人惜，晴雯之死也使人惨，尤三姐之死也使人愤，二姐之死也使人恨，司棋之死也使人骇，黛玉之死也使人伤，金桂之死也使人爽，迎春之死也使人恼，贾母之死也使人羡，鸳鸯之死也使人敬，赵姨娘之死也使人快，凤姐之死也使人叹，妙玉之死也使人疑，见无一同者。非死者之不同，乃生者之笔不同也。

余自叹年来死灰槁木，已超一切非非想，只镜奁间尚恨恨不能去。适来无事，雨窗展此，唯恐擅失，窃谓当煮苦茗读之，爇名香读之，于好花前读之，空山中读之，清风明月下读之，继《南华》《离骚》读之，伴《涅槃》《维摩》读之。天下不少慧眼人，其以予言为然乎否乎？

（道光元年刊本）

第四章

红楼梦评论

王国维

第一章　人生及美术之概观

《老子》曰："人之大患在我有身。"《庄子》曰："大块载我以形，劳我以生。"忧患与劳苦之与生相对待也久矣。夫生者人人之所欲，忧患与劳苦者，人人之所恶也。然则讵不人人欲其所恶而恶其所欲欤？将其所恶者固不能不欲，而其所欲者终非可欲之物欤？人有生矣，则思所以奉其生。饥而欲食，渴而欲饮，寒而欲衣，露处而欲宫室，此皆所以维持一人之生活者也。然一人之生少则数十年，多则百年而止耳，而吾人欲生之心，必以是为不足，于是于数十年百年之生活外，更进而图永远之生活，时则有牝牡之欲，家室之累。进而育子女矣，则有保抱扶持饮食教诲之责，婚嫁之务。百年之间，早作而夕思，穷老而不知所终。问有出于此保存自己及种姓之生活之外者乎？无有也。百年之后，观吾人之成绩，其有逾于此保存自己及种姓之生活之外者乎？无有也。又人人知侵害自己及种姓之生活者之非一端也，于是相集而成一群，相约束而立一国，择其贤且智者以为之君，为之立法律以治之，建学校以教之，为之警察以防内奸，为之陆海军以御外患，使人人各遂其生活之欲而不相侵害。凡此皆欲生之心之所为也。夫人之于生活也，欲之如此其切也，用力如此其勤也，设计如此其周且至也，固亦有其真可欲者存欤？吾人之忧患劳苦，固亦有所以偿之者欤？则吾人不得不就生活之本质熟思而审考之也。

生活之本质何？欲而已矣。欲之为性无厌，而其原生于不足。不足之状态，苦痛是也。既偿一欲，则此欲以终。然欲之被偿者一，而不偿者什佰，一欲既终，他欲随之，故究竟之慰藉，终不可得也。即使吾人之欲悉偿，而更无所欲之对象，倦厌之情即起而乘之，于是吾人自己之生活，若负之而不胜其重。故人生者如钟表之摆，实往复于苦痛与倦厌之间者也。夫倦厌固可视为苦痛之一种，有能除去此二者，吾人谓之曰快乐。然当其求快乐也，吾人于固有之苦痛外，又不得不加以努力，而努力亦苦痛之一也。且快乐之后，其感苦痛也弥深，故苦痛而无回复之快乐者有之矣，未有快乐而不先之或继之以苦痛者也，又此苦痛与世界之文化俱增，而不由之而减。何则？文化愈进，其知识弥广，其所欲弥多，又其感苦痛亦弥甚故也。然则人生之所欲既无以逾于生活，而生活之性质又不外乎苦痛，故欲与生活与苦痛，三者一而已矣。

吾人生活之性质既如斯矣，故吾人之知识遂无往而不与生活之欲相关系，即与吾人之利害相关系。就其实而言之，则知识者固生于此欲，而示此欲以我与外界之关系，使之趋利而避害者也。常人之知识，止知我与物之关系，易言以明之。止知物之与我相关系者，而于此物中又不过知其与我相关系之部分而已。及人知渐进，于是始知欲，知此物与我之关系，不可不研究此物与彼物之关系。知愈大者，其研究愈远焉。自是而生各种之科学，如欲知空间之一部之与我相关系者，不可不知空间全体之关系，于是几何学兴焉。（按西洋几何学Geometry之本义系量地之意，可知古代视为应用之科学，而不视为纯粹之科学也。）欲知力之一部之与我相关系者，不可不知力之全体之关系，于是力学兴焉。吾人既知一物之全体之关系，又知此物与彼物之全体之关系，而立一法则焉，以应用之。于是物之现于吾前者，其与我之关系及其与他物之关系，粲然陈于目前而无所遁，夫然后吾人得以利用此物，有其利而无其害，以使吾人生活之欲增进于无穷。此科学之功效也。故科学上之成功，虽若层楼杰观，高严巨丽，然其基址则筑乎生活之欲之上，与政治上之系统立于生活之欲之上无以异。然则吾人理论与实际之二方面，皆此生活之欲之结果也。

由是观之，吾人之知识与实践之二方面，无往而不与生活之欲相关系，即与苦痛相关系。兹有一物焉，使吾人超然于利害之外而忘物与我之关系，此时也，吾人之心无希望，无恐怖，非复欲之我，而但知之我也。此犹积阴弥月而旭日杲杲也，犹覆舟大海之中浮沉上下而飘着于故乡之海岸也，犹阵云惨淡而插翅之天使赍平和之福音而来者也，犹鱼之脱于罾网鸟之自樊笼出而游于山林江海也。然物之能使吾人超然于利害之外者，必其物之于吾人无利害之关系而后可。易言以明之，必其物非实物而后可。然则非美术何足以当之乎！夫自然界之物，无不与吾人有利害之关系，纵非直接，亦必间接相关系者也，苟吾人而能忘物与我之关系而观物，则大自然界之山明水媚，鸟飞花落，固无往而非华胥之国，极乐之土也。岂独自然界而已，人类之言语动作，悲欢啼笑，孰非美之对象乎？然此物既与吾人有利害之关系，而吾人欲强离其关系而观之，自非天才，岂易及此！于是天才者出，以其所观于自然人生中者复现之于美术中，而使中智以下之人，亦因其物之与己无关系而超然于利害之外。是故观物无方，因人而变。濠上之鱼，庄惠之所乐也，而渔父袭之以网罟；舞雩之木，孔曾之所憩也，而樵者继之以斤斧。若物非有形，心无所住，则虽殉财之夫、贵私之子，宁有对曹霸、韩干之马而计驰骋之乐，见毕宏、韦偃之松而观思栋梁之用，求好逑于雅典之偶，思税驾于金字之塔者哉！故美术之为物，欲者不观，观者不欲。而艺术之美所以优于自然之美者，全存于使人易忘物我之关系也。

而美之为物有二种：一曰优美，一曰壮美。苟一物焉，与吾人无利害之关系，而吾人之观之也，不观其关系，而但观其物，或吾人之心中无丝毫生活之欲存，而其观物也，不视为与我有关系之物，而但视为外物，则今之所观者，非昔之所观者也。此时吾心宁静之状态，名之曰优美之情，而谓此物曰优美。若此物大不利于吾人，而吾人生活之意志为之破裂，因之意志遁去，而知力得为独立之作用，以深观其物，吾人谓此物曰壮美，而谓其感情曰壮美之情。普通之美，皆属前种。至于地狱变相之图，决斗垂死之像，庐江小吏之诗，雁门尚书之曲，其人故氓庶之所共怜，其遇虽戾夫为之流涕，讵有子颓乐祸之心，宁无尼父反袂之戚，而吾人观之，不厌千复。格代之诗曰：

What in life doth only grieve us,

That in art we gladly see.

凡人生中足以使人悲者，于美术中则吾人乐而观之。

此之谓也。此即所谓壮美之情，而其快乐存于使人忘物我之关系，则固与优美无以异也。

至美术中之与二者相反者，名之曰眩惑。夫优美与壮美，皆使吾人离生活之欲而入于纯粹之知识者。若美术中而有眩惑之原质乎，则又使吾人自纯粹之知识出而复归于生活之欲。如粔籹蜜饵,《招魂》《启》《发》之所陈,玉体横陈,周昉、仇英之所绘,《西厢记》之《酬柬》,《牡丹亭》之《惊梦》,伶元之传飞燕,杨慎之赝《秘辛》,徒讽一而劝百,欲止沸而益薪。所以子云有靡靡之诮,法秀有绮语之诃。虽则梦幻泡影可作如是观,而拔舌地狱专为斯人设者矣。故眩惑之于美,如甘之于辛,火之于水,不相并立者也。吾人欲以眩惑之快乐医人世之苦痛,是犹欲航断港而至海,入幽谷而求明,岂徒无益,而又增之。则岂不以其不能使人忘生活之欲及此欲与物之关系,而反鼓舞之也哉!眩惑之与优美及壮美相反对,其故实存于此。

今既述人生与美术之概略如左,吾人且持此标准以观我国之美术,而美术中以诗歌戏曲小说为其顶点,以其目的在描写人生,故吾人于是得一绝大著作曰《红楼梦》。

第二章 《红楼梦》之精神

裒伽尔之诗曰:

Ye wise men, highly, deeply learned,

Who think it out and know,

How, when and where do all things pair?

Why do they kiss and love?

Ye men of lofty wisdom say,

What happened to me then,

Search out and tell me where, how, when,

And why it happened thus.

嗟汝哲人，靡所不知，靡所不学，既深且跻。粲粲生物，罔不匹俦。各啮阙齿，而相阙攸。匪汝哲人，孰知其故？自何时始，来自何处？嗟汝哲人，渊渊其知。相彼百昌，奚而熙熙？愿言哲人，诏余其故。自何时始，来自何处？（译文）

哀伽尔之问题，人人所有之问题，而人人未解决之大问题也。人有恒言曰：饮食男女，人之大欲存焉。然人七日不食即死，一日不再食则饥。若男女之欲，则于一人之生活上宁有害无利者也，而吾人之欲之也如此何哉？吾人自少壮以后，其过半之光阴，过半之事业，所计划所勤动者为何事？汉之成哀，曷为而丧其生？殷辛周幽，曷为而亡其国？励精如唐玄宗，英武如后唐庄宗，曷为而不善其终？且人生苟为数十年之生活计，则其维持此生活亦易易耳，曷为而其忧劳之度倍蓰而未有已？《记》曰：“人不婚宦，情欲失半。”人苟能解此问题，则于人生之知识思过半矣。而蚩蚩者乃日用而不知，岂不可哀也欤！其自哲学上解此问题者，则二千年间仅有叔本华之“男女之爱之形而上学”耳。诗歌小说之描写此事者，通古今东西，殆不能悉数，然能解决之者鲜矣。《红楼梦》一书非徒提出此问题，又解决之者也。彼于开卷即下男女之爱之神话的解释。其叙此书之主人公贾宝玉之来历曰：

却说女娲氏炼石补天之时，于大荒山无稽崖炼成高十二丈见方二十四丈大的顽石三万六千五百零一块。那娲皇只用了三万六千五百块，单单剩下一块未用，弃在青埂峰下。谁知此石自经锻炼之后，灵性已通，自去自来，可大可小。因见众石俱得补天，独自己无材，不得入选，遂自怨自艾，日夜悲哀。（第一回）

此可知生活之欲之先人生而存在，而人生不过此欲之发现也。此可知吾人之堕落由吾人之所欲而意志自由之罪恶也。夫顽钝者既不幸而为此石矣，又幸而不见用，则何不游于广莫之野，无何有之乡，以自适其适，而必欲入此忧患劳苦之世界？不可谓非此石之大误也。由此一念之误，而遂造出十九年之历史与百二十回之事实，与茫茫大士渺渺真人何与。又于第百十七回中述宝玉与和尚之谈论曰：

“弟子请问师父可是从太虚幻境而来？”那和尚道：“什么幻境，不过是来处来，去处去罢了。我是送还你的玉来的。我且问你那玉是从那里来的？”宝玉一时对答不来。那和尚笑道：“你的来路还不知，便来问我。”宝玉本来颖悟，又经点化，早把红尘看破，只是自己的底里未知，一闻那僧问起玉来，好像当头一棒，便说：“你也不用银子了，我把那玉还你罢。”那僧笑道：“早该还我了。”

所谓“自己的底里未知”者，未知其生活乃自己之一念之误，而此念之所自造也。及一闻和尚之言，始知此不幸之生活由自己之所欲，而其拒绝之也亦不得由自己，是以有还玉之言。所谓玉者，不过生活之欲之代表而已矣。故携入红尘者非彼二人之所为，顽石自己而已；引登彼岸者亦非二人之力，顽石自己而已。此岂独宝玉一人然哉？人类之堕落与解脱，亦视其意志而已。而此生活之意志其于永远之生活，比个人之生活为尤切。易言以明之，则男女之欲尤强于饮食之欲。何则？前者无尽的，后者有限的也；前者形而上的，后者形而下的也。又如上章所说生活之于痛苦，二者一而非二，而苦痛之度与主张生活之欲之度为比例，是故前者之苦痛尤倍蓰于后者之痛。而《红楼梦》一书，实示此生活此苦痛之由于自造，又示其解脱之道不可不由自己求之者也。

而解脱之道存于出世，而不存于自杀。出世者拒绝一切生活之欲者也。彼知生活之无所逃于苦痛，而求入于无生之域。当其终也，垣干虽存，固已形如槁木而心如死灰矣。若生活之欲如故，但不满于现在之生活而求主张之于异日，则死于此者固不得不复生于彼，而苦海之流又将与生活之欲而无穷。故金钏之堕井也，司棋之触墙也，尤三姐、潘又安之自刎也，非解脱也，求偿其欲而不得者也。彼等之所不欲者其特别之生活，而对生活之为物则固欲之而不疑也。故此书中真正解脱仅贾宝玉、惜春、紫鹃三人耳。而柳湘莲之入道，有似潘又安，芳官之出家，略同于金钏。故苟有生活之欲存乎，则虽出世而无与于解脱；苟无此欲，则自杀亦未始非解脱之一者也。如鸳鸯之死，彼故有不得已之境遇在，不然则惜春、紫鹃之事，固亦其所优为者也。

而解脱之中，又自有二种之别：一存于观他人之苦痛，一存于觉自己之苦痛。然前者之解脱，唯非常之人为能，其高百倍于后者，而其难亦百倍，但由其成功观之，则二者一也。通常之人，其解脱由于苦痛之阅历，而不由于苦痛之知识。唯非常之人，由非常之知力而洞观宇宙人生之本质，始知生活与苦痛之不能相离，由是求绝其生活之欲而得解脱之道。然于解脱之途中，彼之生活之欲犹时时起而与之相抗，而生种种之幻影，所谓恶魔者，不过此等幻影之人物化而已矣。故通常之解脱，存于自己之苦痛，彼之生活之欲因不得其满足而愈烈，又因愈烈而愈不得其满足，如此循环而陷于失望之境遇，遂悟宇宙人生之真相，遽而求其息肩之所。彼全变其气质而超出乎苦乐之外，举昔之所执着者一旦而舍之。彼以生活为炉，苦痛为炭，而铸其解脱之鼎。彼以疲于生活之欲故，故其生活之欲不能复起而为之幻影。此通常之人解脱之状态也。前者之解脱，如惜春、紫鹃，后者之解脱如宝玉。前者之解脱，超自然的也，神明的也；后者之解脱，自然的也，人类的也；前者之解脱宗教的也，后者美术的也；

前者平和的也，后者悲感的也，壮美的也，故文学的也，诗歌的也，小说的也。此《红楼梦》之主人公所以非惜春、紫鹃而为贾宝玉者也。

呜呼！宇宙一生活之欲而已，而此生活之欲之罪过，即以生活之苦痛罚之，此即宇宙之永远的正义也。自犯罪自加罚，自忏悔自解脱。美术之务在描写人生之苦痛于其解脱之道，而使吾侪冯生之徒于此桎梏之世界中，离此生活之欲之争斗，而得其暂时之平和。此一切美术之目的也。夫欧洲近世之文学中，所以推格代之《法斯德》为第一者，以其描写博士法斯德之苦痛及其解脱之途径最为精切故也。若《红楼梦》之写宝玉，又岂有以异于彼乎！彼于缠陷最深之中，而已伏解脱之种子，故听《寄生草》之曲而悟立足之境，读《胠箧》之篇而作焚花散麝之想。所以未能者，则以黛玉尚在耳。至黛玉死而其志渐决。然尚屡失于宝钗，几败于五儿，屡蹶屡振，而终获最后之胜利。读者观自九十八回以至百二十回之事实，其解脱之行程，精进之历史，明了精切何如哉！且法斯德之苦痛，天才之苦痛；宝玉之苦痛，人人所有之苦痛也。其存于人之根底者为独深，而其希救济也为尤切。作者一一掇拾而发挥之，我辈之读此书者，宜如何表满足感谢之意哉！而吾人于作者之姓名，尚有未确实之知识，岂徒吾侪寡学之羞，亦足以见二百余年来，吾人之祖先对此宇宙之大著述，如何冷淡遇之也。谁使此大著述之作者不敢自署其名？此可知此书之精神，大背于吾国人之性质，及吾人之沉溺于生活之欲，而乏美术之知识有如此也。然则予之为此论，亦自知有罪也矣。

第三章 《红楼梦》之美学上之精神

如上章之说，吾国人之精神，世间的也，乐天的也，故代表其精神之戏曲小说，无往而不着此乐天之色彩。始于悲者终于欢，始于离者终于合，始于困者终于亨，非是而欲餍阅者之心难矣。若《牡丹亭》之返魂，《长生殿》之重圆，其最著之一例也。《西厢记》之以惊梦终也，未成之作也，此书若成，吾乌知其不为《续西厢》之浅陋也？有《水浒传》矣，曷为而又有《荡寇志》？有《桃花扇》矣，曷为而又有《南桃花扇》？有《红楼梦》矣，彼《红楼复梦》《补红楼梦》《续红楼梦》者曷为而作也？又曷为而有反对《红楼梦》之《儿女英雄传》？故吾国之文学中，其具厌世解脱之精神者仅有《桃花扇》与《红楼梦》耳。而《桃花扇》之解脱，非真解脱也。沧桑之变，目击之而身历之，不能自悟而悟于张道士之一言，且以历数千里冒不测之险投缧绁之中，所索之女子才得一面，而以道士之言一朝而舍之，自非三尺童子，其谁信之哉？故《桃花扇》之解脱，他律的也；而《红楼梦》之解脱，自律的也。且《桃花扇》之作者，但借侯李之事以写故国之戚，而非以描写人生为事，故《桃花扇》，政治的也，国民的也，历史的也；《红楼梦》，哲学的也，宇宙的也，文学的也。此《红楼梦》之所以大背于吾国人之精神，而其价值亦即存乎此。彼《南桃花扇》《红楼复梦》等，正代表吾国人乐天之精神者也。

《红楼梦》一书，与一切喜剧相反，彻头彻尾之悲剧也。其大宗旨如上章所述，读者既知之矣。除主人公不计外，凡此书中之人，有与生活之欲相关系者，无不与苦痛相终始。以视宝琴、岫烟、李纹、李绮等，若藐姑射神人，夐乎不可及矣，夫此数人者，曷尝无生活之欲，曷尝无苦痛，而书中既不及写其生活之欲，则其苦痛自不得而写之，足以见二者如骖之靳，而永远的正义无往不逞其权力也。又吾国之文学，以挟乐天的精神故，故往往说诗歌的正义，善人必令其终，而恶人必离其罚，此亦吾国戏剧小说之特质也。《红楼梦》则不然。赵姨、凤姊之死，非鬼神之罚彼良心，自己之苦痛也。若李纨之受封，彼于《红楼梦》十四曲中固已明说之曰：

[晚韶华]镜里恩情，更那堪梦里功名！那韶华去之何迅，再休提绣帐鸳衾。只这戴珠冠披凤袄也，抵不了无常性命。虽说是人生莫受老来贫，也须要阴骘积儿孙。气昂昂头戴簪缨，光灿灿胸悬金印，威赫赫爵禄高登，昏惨惨黄泉路近。问古来将相可还存？也只是虚名儿与后人钦敬。（第五回）

此足以知其非诗歌的正义，而既有世界人生以上，无非永远的正义之所统辖也，故曰《红楼梦》一书，彻头彻尾的悲剧也。由叔本华之说，悲剧之中又有三种之别：第一种之悲剧，由极恶之人极其所有之能力以交构之者。第二种由于盲目的运命者。第三种之悲剧，由于剧中之人物之位置及关系而不得不然者，非必有蛇蝎之性质与意外之变故也，但由普通之人物、普通之境遇逼之，不得不如是。彼等明知其害，交施之而交受之，各加以力而各不任其咎。此种悲剧，其感人贤于前二者远甚。何则？彼示人生最大之不幸非例外之事，而人生之所固有故也。若前二种之悲剧，吾人对蛇蝎之人物与盲目之命运，未尝不悚然战栗然，以其罕见之故，犹幸吾生之可以免，而不必求息肩之地也。但在第三种，则见此非常之势力足以破坏人生之福祉者，无时而不可坠于吾前。且此等残酷之行，不但时时可受诸己，而或可以加诸人，躬丁其酷，而无不平之可鸣，此可谓天下之至惨也。若《红楼梦》，则正第三种之悲剧也。兹就宝玉、黛玉之事言之，贾母爱宝钗之婉而惩黛玉之孤僻，又信金玉之邪说而思压宝玉之病。王夫人固亲于薛氏，凤姐以持家之故，忌黛玉之才而虞其不便于己也。袭人惩尤二姐、香菱之事，闻黛玉“不是东风压西风，就是西风压东风”（第八十二回）之语，惧祸之及而自同于凤姐，亦自然之势也。宝玉之于黛玉信誓旦旦，而不能言之于最爱之祖母，则普通之道德使然，况黛玉一女子哉！由此种种原因，而金玉以之合，木石以之离，又岂有蛇蝎之人物、非常之变故行于其间哉？不过通常之道德、通常之人情、通常之境遇为之而已。由此观之，《红楼梦》者，可谓悲剧中之悲剧也。

由此之故，此书中壮美之部分较多于优美之部分，而眩惑之原质殆绝焉。作者于开卷即申明之曰：

更有一种风月笔墨，其淫秽污臭，最易坏人子弟。至于才子佳人等书，则又开口文君，满篇子建，千部一腔，千人一面，且终不能不涉淫滥。在作者不过欲写出自己两首情诗艳赋来，故假捏出男女二人名姓，又必旁添一小人拨乱其间，如戏中小丑一般。（此又上节所言之一证。）

兹举其最壮美者之一例，即宝玉与黛玉最后之相见一节曰：

那黛玉听着傻大姐说宝玉娶宝钗的话，此时心里竟是油儿酱儿糖儿醋儿倒在一处的一般甜苦酸咸，竟说不上什么味儿来了……自己转身要回潇湘馆去，那身子竟有千百斤重的，两只脚却像踏着棉花一般，早已软了。只得一步一步，慢慢的走将下来。走了半天，还没到沁芳桥畔，脚下愈加软了。走的慢，且又迷迷痴痴，信着脚从那边绕过来，更添了两箭地路。这时刚到沁芳桥畔，却又不知不觉的顺着堤往回里走起来。紫鹃取了绢子来，却不见黛玉，正在那里看时，只见黛玉颜色雪白，身子恍恍荡荡的，眼睛也直直的，在那里东转西转……只得赶过来轻轻的问道：“姑娘怎么又回去？是要往那里去？”黛玉也只模糊听见，随口答道：“我问问宝玉去。”……紫鹃只得搀他进去。那黛玉却又奇怪了，这时不似先前那样软了，也不用紫鹃打帘子，自己掀起帘子进来。……

见宝玉在那里坐着，也不起来让坐，只瞧着嘻嘻的呆笑，黛玉自己坐下，却也瞧着宝玉笑。两个也不问好，也不说话，也不推让，只管对着脸呆笑起来。忽然听着黛玉说道："宝玉，你为什么病了？"宝玉笑道："我为林姑娘病了。"袭人、紫鹃两个吓得面目改色，连忙用言语来岔，两个却又不答言，仍旧呆笑起来。……紫鹃搀起黛玉，那黛玉也就站起来，瞧着宝玉只管笑，只管点头儿。紫鹃又催道："姑娘回家去歇歇罢。"黛玉道："可不是，我这就是回去的时候儿了。"说着便回身笑着出来了，仍旧不用丫头们搀扶，自己却走得比往常飞快。（第九十六回）

如此之文，此书中随处有之，其动吾人之感情何如！凡稍有审美的嗜好者，无人不经验之也。

《红楼梦》之为悲剧也如此。昔雅里大德勒于《诗论》中谓：悲剧者，所以感发人之情绪而高上之，殊如恐惧与悲悯之二者，为悲剧中固有之物，由此感发，而人之精神于焉洗涤，故其目的，伦理学上之目的也。叔本华置诗歌于美术之顶点，又置悲剧于诗歌之顶点，而于悲剧之中又特重第三种，以其示人生之真相，又示解脱之不可已。故美学上最终之目的，与伦理学上最终之目的合。由是《红楼梦》之美学上之价值，亦与其伦理学上之价值相联络也。

第四章　《红楼梦》之伦理学上之价值

自上章观之，《红楼梦》者，悲剧中之悲剧也。其美学上之价值即存乎此。然使无伦理学上之价值以继之，则其于美术上之价值尚未可知也。今使为宝玉者，于黛玉既死之后，或感愤而自杀，或放废以终其身，则虽谓此书一无价值可也。何则？欲达解脱之域者，固不可不尝人世之忧患，然所贵乎忧患者，以其为解脱之手段，故非重忧患自身之价值也。今使人日日居忧患言忧患，而无希求解脱之勇气，则天国与地狱彼两失之，其所领之境界，除阴云蔽天沮洳弥望外，固无所获焉。黄仲则《绮怀》诗曰：

如此星辰非昨夜，为谁风露立中宵？

又其卒章曰：

结束铅华归少作，屏除丝竹入中年。茫茫来日愁如海，寄语羲和快着鞭。

其一例也。《红楼梦》则不然，其精神之存于解脱，如前二章所说，兹固不俟喋喋也。

然则解脱者，果足为伦理学上最高之理想否乎？自通常之道德观之，夫人知其不可也。夫宝玉者，固世俗所谓绝父子弃人伦不忠不孝之罪人也。然自太虚中有今日之世界，自世界中有今日之人类，乃不得不有普通之道德以为人类之法则，顺之者安，逆之者危，顺之者存，逆之者亡。于今日之人类中，吾固不能不认普通之道德之价值也，然所以有世界人生者，果有合理的根据欤？抑出于盲目的动作，而别无意义存乎其间欤？使世界人生之存在而有合理的根据，则人生中所有普通之道德，谓之绝对的道德可也。然吾人从各方面观之，则世界人生之所以存在，实由吾人类之祖先一时之误谬。诗人之所悲歌，哲学者之所冥想，与夫古代诸国民之传说若出一揆，若第二章所引《红楼梦》第一回之神话的解释，亦于无意识中暗示此理，较之《创世记》所述人类犯罪之历史，尤为有味者也。夫人之有生，既为鼻祖之误谬矣，则夫吾人之同胞，凡为此鼻祖之子孙者，苟有一人焉未入解脱之域，则鼻祖之罪终无时而赎，而一时之误谬反复至数千万年而未有已也。则夫绝弃人伦如宝玉其人者，自普通之道德言之，固无所辞其不忠不孝之罪，若开天眼而观入，则彼固可谓干父之蛊者也。知祖父之误谬，而不忍反复之以重其罪，顾得谓之不孝哉？然则宝玉“一子出家，七祖升天”之说，诚有见乎！所谓孝者在此不在彼，非徒自辩护而已。

然则举世界之人类而尽入于解脱之域，则所谓宇宙者不诚无物也欤？然有无之说，盖难言之矣，夫以人生之无常，而知识之不可恃，安知吾人之所谓有，非所谓真有者乎？则自其反而言之，又安知吾人之所谓无，非所谓真无者乎？即真无矣，而使吾人自空乏与满足、希望与恐怖之中出，而获永远息肩之所，不犹愈于世之所谓有者乎！然则吾人之畏无也，与小儿之畏暗黑何以异？自已解脱者观之，安知解脱之后，山川之美、日月之华，不有过于今日之世界者乎？读“飞鸟各投林”之曲，所谓“片白茫茫大地真干净”者，有欤？无欤？吾人且勿问，但立乎今日之人生而观之，彼诚有味乎其言之也。

难者又曰，人苟无生，则宇宙间最可宝贵之美术不亦废欤？曰：美术之价值，对现在之世界人生而起者，非有绝对的价值也。其材料取诸人生，其理想亦视人生之缺陷逼仄而趋于其反对之方面。如此之美术，唯于如此之世界、如此之人生中，始有价值耳。今设有人焉，自无始以来，无生死，无苦乐，无人世之挂碍，而唯有永远之知识，则吾人所宝为无上之美术，自彼视之，不过蛩鸣蝉噪而已。何则？美术上之理想，固彼之所自有，而其材料又彼之所未尝经验故也。又设有人焉，备尝人世之苦痛，而已入于解脱之域，则美术之于彼也亦无价值。何则？美术之价值，存于使人离生活之欲，而入于纯粹之知识，彼既无生活之欲矣，而复进之以美术、是犹馈壮夫以药石。多见其不知量而已矣。然而超今日之世界人生以外者，于美术之存亡固自可不必问也。

夫然，故世界之大宗教，如印度之婆罗门教及佛教、希伯来之基督教，皆以解脱为唯一之宗旨。哲学家如古代希腊之柏拉图，近世德意志之叔本华，其最高之理想亦存于解脱。殊如叔本华之说，由其深邃之知识论，伟大之形而上学出，一扫宗教之神话的面具，而易以名学之论法，其真挚之感情与巧妙之文字又足以济之，故其说精密确实，非如古代之宗教及哲学说徒属想象而已。然事不厌其求详，姑以生平所疑者商榷焉。夫由叔氏之哲学说，则一切人类及万物之根本一也，故充叔氏拒绝意志之说，非一切人类及万物各拒绝其生活之意志，则一人之意志亦不可得而拒绝。何则？生活之意志之存于我者，不过其一最小部分，而其大部分之存于一切人类及万物者，皆与我之意志同，而此物我之差别，仅由于吾人知力之形式，故离此知力之形式而反其根本而观之，则一切人类及万物之意志，皆我之意志也。然则拒绝吾一人之意志而姝姝自悦曰解脱，是何异决蹄跨之水而注之沟壑，而曰天下皆得平土而居之哉！佛之言曰：若不尽度众生，誓不成佛。其言犹若有能之而不欲之意。然自吾人观之，此岂徒能之而不欲哉？将毋欲之而不能也。故如叔本华之言一人之解脱，而未言世界之解脱，实与其意志同一之说不能两立者也。叔氏于无意识中亦触此疑问，故于其《意志及观念之世界》之第四编之末，力护其说曰：

人之意志于男女之欲，其发现也为最著，故完全之贞操，乃拒绝意志即解脱之第一步也。大自然中之法则，固自最确实者，使人人而行此格言，则人类之灭绝，自可立而待。至人类以降之动物，其解脱与坠落亦当视人类以为准，《吠陀》之经典曰："一切众生之待圣人，如饥儿之望慈父母也。"基督教中亦有此思想，珊列休斯于其《人持一切物归于上帝》之小诗中曰："嗟汝万物灵，有生皆爱汝。总总环汝旁，如儿索母乳。携之适天国，唯汝力是怙。"德意志之神秘学者马斯太哀克赫德亦云：“《约翰福音》云：余之离世界也，将引万物而与我俱，基督岂欺我哉？夫善人，固将持万物而归之于上帝，即其所从出之本者也。今夫一切生物皆为人而造，又各自相为用，牛羊之于水草，鱼之于水，鸟之于空气，野兽之于林莽，皆是也。一切生物皆上帝所造，以供善人之用，而善人携之以归上帝。”彼意盖谓人之所以有用动物之权利者，实以能救济之之故也。

于佛教之经典中，亦说明此真理。方佛之尚为菩提萨埵也，自玉宫逸出而入深林时，彼策其马而歌曰：“汝久疲于生死兮，今将息此任。载负余躬以遐举兮，继今日而无再。苟彼岸其余达兮，余将徘徊以汝待。”(《佛国记》)此之谓也。(英译《意志及观念之世界》第一册第四百九十二页。)

然叔氏之说，徒引据经典，非有理论的根据也。试问释迦示寂以后，基督尸十字架以来，人类及万物之欲生，奚若其痛苦，又奚若吾知其不异于昔也？然则所谓持万物而归之上帝者，其尚有所待欤？抑徒沾沾自喜之说而不能见诸实事者欤？果如后说，则释迦、基督自身之解脱与否，亦尚在不可知之数也。往者作一律曰：

生平颇忆挚卢敖，东过蓬莱浴海涛。何处云中闻犬吠，至今湖畔尚乌号。人间地狱真无间，死后泥洹枉自豪。终古众生无度日，世尊只合老尘嚣。

何则？小宇宙之解脱，视大宇宙之解脱以为准故也。赫尔德曼人类涅槃之说所以起而补叔氏之缺点者以此。要之解脱之足以为伦理学上最高之理想与否，实存于解脱之可能与否。若失普通之论难，则固如楚楚蜉蝣不足以撼十围之大树也。今使解脱之事终不可能，然一切伦理学上之理想果皆可能也欤？今夫与此无生主义相反者，生生主义也。

夫世界有限而生人无穷。以无穷之人生、有限之世界，必有不得遂其生者矣。世界之内，有一人不得遂其生者，固生生主义之理想之所不许也。故由生生主义之理想，则欲使世界生活之量达于极大限，则人人生活之度不得不达于极小限。盖度与量二者实为一精密之反比例，所谓最大多数之最大福祉者，亦仅归于伦理学者之梦想而已。夫以极大之生活量而居于极小之生活度，则生活之意志之拒绝也，奚若此生生主义与无生主义相同之点也。

苟无此理想，则世界之内，弱之肉强之食，一任诸天然之法则耳，奚以伦理为哉？然世人日言生生主义，而此理想之达于何时，则尚在不可知之数。要之理想者可近而不可即，亦终古不过一理想而已矣。人知无生主义之理想之不可能而自忘其主义之理想之何若，此则大不可解脱者也。

夫如是，则《红楼梦》之以解脱为理想者，果可菲薄也欤！夫以人生忧患之如彼，而劳苦之如此，苟有血气者，未有不渴慕救济者也。不求之于实行，犹将求之于美术，独《红楼梦》者同时与吾人以二者之救济。人而自绝于救济则已耳，不然，则对此宇宙之大著述，宜如何企踵而欢迎之也。

第五章　余论

自我朝考证之学盛行，而读小说者亦以考证之眼读之，于是评《红楼梦》者，纷然索此书之主人公之为谁，此又甚不可解者也。夫美术之所写者，非个人之性质，而人类全体之性质也。唯美术之特质，贵具体而不贵抽象，于是举人类全体之性质，置诸个人之名字之下。譬诸“副墨之子”“洛诵之孙”，亦随吾人之所好名之而已。善于观物者，能就个人之事实而发见人类全体之性质。

今对人类之全体，而必规规焉求个人以实之，人之知力相越，岂不远哉？故《红楼梦》之主人公，谓之贾宝玉可，谓之子虚乌有先生可，即谓之纳兰容若、谓之曹雪芹，亦无不可也。

综观评此书者之说，约有二种：一谓述他人之事，一谓作者自写其生平也。第一说中大抵以贾宝玉为即纳兰性德。其说要无所本。案性德《饮水诗集·别意》六首之三曰：

独拥余香冷不胜，残更数尽思腾腾。今宵便有随风梦，知在红楼第几层？

又《饮水词》中《于中好》一阕云：

别绪如丝睡不成，那堪孤枕梦边城。因听紫塞三更雨，却忆红楼半夜灯。

又《减字木兰花》一阕咏新月云：

莫教星替，守取团圆终必遂。此夜红楼，天上人间一样愁。

“红楼”之字凡三见，而云“梦红楼”者一。又其亡妇忌日作《金缕曲》一阕其首三句云：

此恨何时已！滴空阶、寒更雨歇，葬花天气。

“葬花”二字，始出于此。然则《饮水集》与《红楼梦》之间稍有文字之关系，世人以宝玉为即纳兰侍卫者殆由于此。然诗人与小说家之用语其偶合者固不少，苟执此例以求《红楼梦》之主人公，吾恐其可以傅合者断不止容若一人而已。若夫作者之姓名（遍考各书，未见曹雪芹何名）与作书之年月，其为读此书者所当知，似更比主人公之姓名为尤要，顾无一人为之考证者，此则大不可解者也。

至谓《红楼梦》一书为作者自道其生平者，其说本于此书第一回"竟不如我亲见亲闻的几个女子"一语，信如此说，则唐旦之《天国喜剧》，可谓无独有偶者矣。然所谓亲见亲闻者，亦可自旁观者之口言之，未必躬为剧中之人物。如谓书中种种境遇种种人物非局中人不能道，则是《水浒传》之作者必为大盗，《三国演义》之作者必为兵家，此又大不然之说也。且此问题实为美术之渊源之问题相关系。如谓美术上之事非局中人不能道，则其渊源必全存于经验而后可。夫美术之源出于先天抑由于经验，此西洋美学上至大之问题也。叔本华之论此问题也最为透辟，兹援其说以结此论。其言（此论本为绘画及雕刻发，然可通之于诗歌小说）曰：

人类之美之产于自然中者，必由下文解释之：即意志于其客观化之最高级（人类）中，由自己之力与种种之情况而打胜下级（自然力）之抵抗，以占领其物质。且意志之发现于高等之阶级也，其形式必复杂。即以一树言之，乃无数之细胞合而成一系统者也。其阶级愈高，其结合愈复。人类之身体，乃最复杂之系统也。各部分各有一特别之生活，其对全体也则为隶属，其互相对也则为同僚，互相调和以为其全体之说，明不能增也，不能减也，能如此者则谓之美，此自然中不得多见者也。顾美之于自然中如此，于美术中则何如？或有以美术家为模仿自然者，然彼苟无美之预想存于经验之前，则安从取自然中完全之物而模仿之？又以之与不完全者相区别哉？且自然亦安得时时生一人焉，于其各部分皆完全无缺哉？或又谓美术家必先于人之肢体中观美丽之各部分，而由之以构成美丽之全体。此又大愚不灵之说也。即令如此，彼又何自知美丽之在此部分而非彼部分哉？故美之知识，断非自经验的得之，即非后天的，而常为先天的，即不然，亦必其一部分常为先天的也。吾人于观人类之美后始认其美，但在真正之美术家，其认识之也极其明速之度，而其表出之也胜乎自然之为。此由吾人之自身即意志而于此所判断及发见者，乃意志于最高级之完全之客观化也。唯如是，吾人斯得有美之预想。而在真正之天才，于美之预想外，更伴以非常之巧力。彼于特别之物中。

认全体之理念，遂解自然之嗫嚅之言语而代言之，即以自然所百计而不能产出之美现之于绘画及雕刻中，而若语自然曰：此即汝之所欲言而不得者也。苟有判断之能力者，心将应之曰：是唯如是，故希腊之天才能发见人类之美之形式，而永为万世雕刻家之模范。唯如是，故吾人对自然于特别之境遇中所偶然成功者而得认其美。此美之预想乃自先天中所知者，即理想的也。比其现于美术也，则为实际的。何则？此与后人中所与之自然物相合故也。如此美术家先天中有美之预想，而批评家于后天中认识之，此由美术家及批评家乃自然之自身之一部，而意志于此客观化者也。哀姆攀独克尔曰："同者唯同者知之。"故唯自然能知自然，唯自然能言自然，则美术家有自然之美之预想，固自不足怪也。

芝诺芬述苏格拉底之言曰：希腊人之发见人类之美之理想也，由于经验，即集合种种美丽之部分，而于此发见一膝，于彼发见一臂。此大谬之说也。不幸而此说又蔓延于诗歌中。即以狭斯丕尔言之，谓其戏剧中所描写之种种之人物，乃其一生之经验中所观察者，而极其全力以摹写之者也。然诗人由人性之预想而作戏曲小说，与美术家之中美之预想而作绘画及雕刻无以异，唯两者于其创造之途中必须有经验以为之补助。夫然，故其先天中所已知者，得唤起而入于明晰之意识，而后表出之，事乃可得而能也。（叔氏《意志及观念之世界》第一册第二百八十五页至二百八十九页。）

由此观之，则谓《红楼梦》中所有种种之人物，种种之境遇，必本于作者之经验。则雕刻与绘画家之写人之美也，必此取一膝、彼取一臂而后可，其是与非，不待知者而决矣。读者苟玩前数章之说，而知《红楼梦》之精神与其美学伦理学上之价值，则此种议论自可不生。苟知美术之大有造于人生，而《红楼梦》自足为我国美术上之唯一大著述，则其作者之姓名与其著书之年月，固当为唯一考证之题目，而我国人之所聚讼者，乃不在此而在彼，此足以见吾国人之对此书之兴味之所在，自在彼而不在此也，故为破其惑如此。

参考文献

综合资料：

一粟．红楼梦资料汇编 [M]．北京：中华书局，1963.

朱一玄．红楼梦资料汇编 [M]．天津：南开大学出版社，2001.

吕启祥，林东海．红楼梦研究稀见资料汇编 [M]．北京：人民文学出版社，2001.

陈平原，夏晓虹．二十世纪中国小说理论资料：第一卷 [M]．北京：北京大学出版社，1997.

严家炎．二十世纪中国小说理论资料：第二卷 [M]．北京：北京大学出版社，1997.

吴福辉．二十世纪中国小说理论资料：第三卷 [M]．北京：北京大学出版社，1997.

钱理群．二十世纪中国小说理论资料：第四卷 [M]．北京：北京大学出版社，1997.

洪子诚．二十世纪中国小说理论资料：第五卷[M]．北京：北京大学出版社，1997．

专著：

王国维．红楼梦评论[M]．上海：上海古籍出版社，2005.

蔡元培．石头记索隐[M]．上海：上海三联书店，2014.

胡适．胡适红楼梦研究论述全编[M]．上海：上海古籍出版社，1988.

俞平伯．红楼梦研究[M]．上海：上海古籍出版社，2005.

俞平伯．红楼心解[M]．西安：陕西师范大学出版社，2005.

王昆仑．红楼梦人物论[M]．北京：生活·读书·新知三联书店，1983.

蒋和森．红楼梦论稿[M]．北京：人民文学出版社，1959.

冯其庸，李广柏．红楼梦概论[M]．北京：北京图书馆出版社，2002.

李广柏．红学史[M]．广州：广东教育出版社，2010.

李希凡．红楼梦艺术世界[M]．北京：文化艺术出版社，1997.

周汝昌．红楼艺术[M]．北京：人民文学出版社，1995.

张锦池．红楼梦考论[M]．哈尔滨：黑龙江教育出版社，1998.

吴组缃．中国小说研究论集[M]．北京：北京大学出版社，1998.

聂绀弩．中国古典小说论集[M]．上海：复旦大学出版社，2005.

王朝闻．论凤姐[M]．天津：百花文艺出版社，1980.

王蒙．红楼梦启示录[M]．北京：生活·读书·新知三联书店，1991.

刘梦溪．红楼梦与百年中国[M]．石家庄：河北教育出版社，1999.

张爱玲．红楼梦魇[M]．上海：上海古籍出版社，1995.

郭豫适．红楼梦研究小史稿 [M]．上海：上海文艺出版社，1978．

郭豫适．红楼梦研究小史续稿 [M]．上海：上海文艺出版社，1981．

郭豫适．红楼梦问题评论集 [M]．上海：上海古籍出版社，1981．

应必诚．红学何为 [M]．上海：复旦大学出版社，2006．

陈文新．传统小说与小说传统 [M]．武汉：武汉大学出版社，2005．

陈洪．中国小说理论史 [M]．天津：天津教育出版社，2005．

刘上生．中国古代小说艺术史 [M]，长沙：湖南师范大学出版社，2003．

陈维昭．红学通史 [M]．上海：上海人民出版社，2005．

张洪波．红楼梦现代阐释 [M]．北京：中华书局，2008．

石昌渝．中国小说源流论 [M]．北京：生活・读书・新知三联书店，1994．

巴金．巴金论创作 [M]．上海：上海文艺出版社，1983．